Ernest Hemingway

海明威 巴黎特写

A Moveable Feast

流动的盛宴

[美] 厄尼斯特·海明威 著 张佳玮 译

天津出版传媒集团

天津人民出版社

目录

1 圣米歇尔广场上的一处好咖啡馆
6 斯泰因小姐垂教
17 “迷惘的一代”
25 莎士比亚书店
30 塞纳河边人
35 虚假的春天
46 一项嗜好告终
52 饥饿是有益的锻炼
61 福特·麦多克斯·福特与魔鬼的门徒
70 一个新流派的诞生
79 与帕辛在穹顶咖啡馆
86 艾兹拉·庞德与他的文人会
93 奇怪的断交
97 被死神标记的人
105 埃文·希普曼在丁香园
114 恶魔代言人
118 斯科特·菲茨杰拉德
148 鹰不分享
156 尺寸问题
162 巴黎从来没有结局
184 附录

—

1. 海明威与第一任妻子哈德莉

2. 斯泰因小姐在弗勒吕斯路 27 号

3. 丁香园咖啡馆
4. 穹顶咖啡馆

5. “水牛”体育场
6. 奥特伊赛马场

7. 卢森堡公园
8. 小凯旋门、杜伊勒里、凯旋门

PARIS MONUMENTAL ET MÉTROPOLITAIN

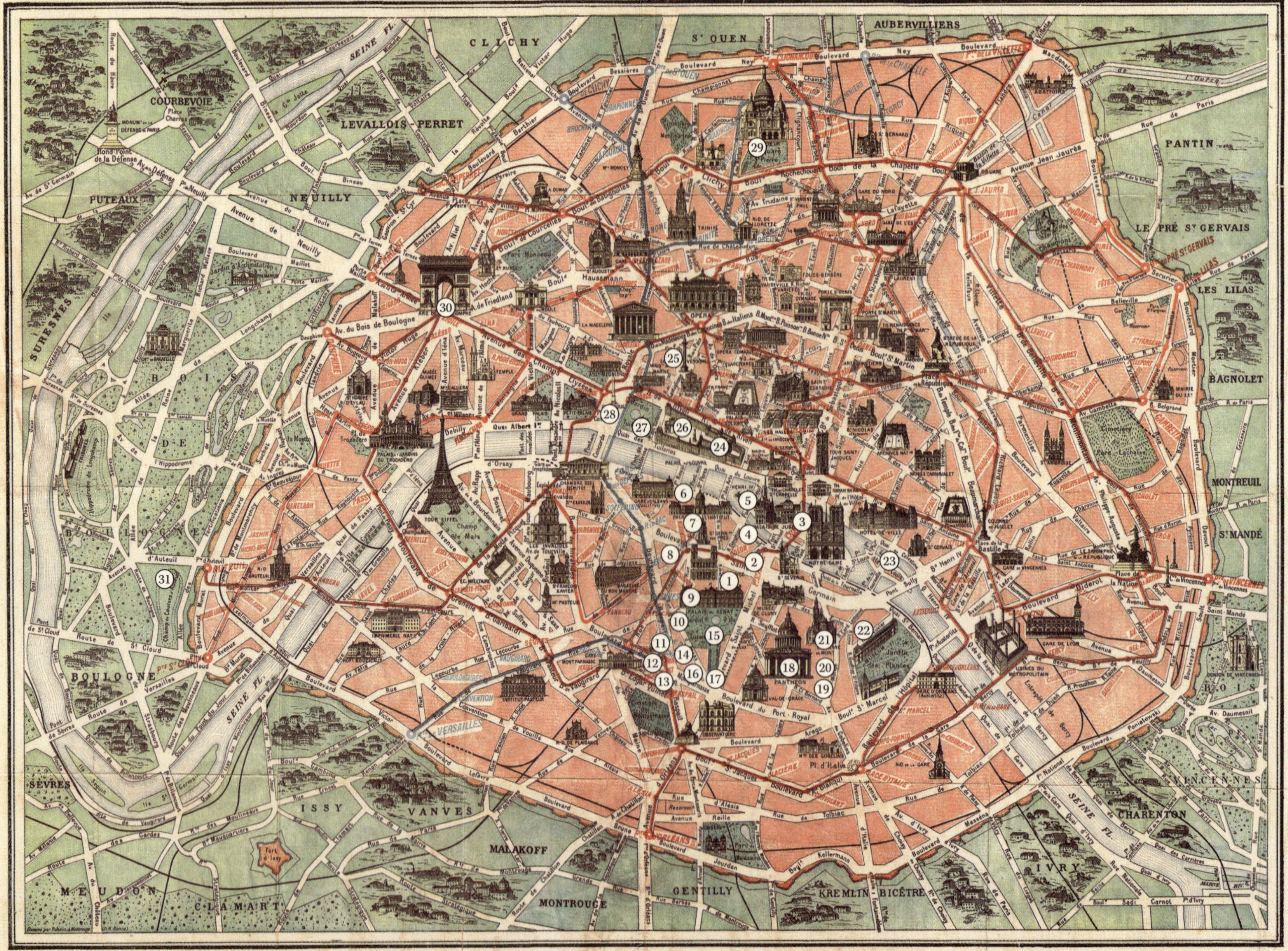

1 莎士比亚书店
2 圣米歇尔广场
3 西岱岛
4 大奥古斯丁码头路
5 亨利四世像
6 伏尔泰码头路
7 米肖饭店
8 利普餐馆
9 卢森堡博物馆
10 格特鲁德·斯泰因居所
11 圆亭咖啡馆
12 穹顶咖啡馆
13 “澳洲犬”酒吧
14 艾兹拉·庞德居所
15 卢森堡公园
16 锯木厂
17 丁香园咖啡馆
18 先贤祠
19 爱好者咖啡馆
20 康特雷斯卡普广场
21 圣艾蒂安-迪蒙
22 勒姆瓦纳主教街
23 圣路易岛
24 卢浮宫
25 里兹酒吧
26 小凯旋门
27 杜伊勒里
28 协和广场
29 蒙马特
30 星形广场（凯旋门）
31 奥特伊

出于作者本身的充分理由，本书省略了许多地点、人物、观察与印象。有些是秘密，有些事则尽人皆知，已被许多人（毫无疑问还将被更多人）叙写。

本书没有提及阿纳斯塔西体育馆——那里拳手们在树下的餐桌旁当服务生，拳台设在花园里。也没有提及与拉里·盖恩斯的训练，没有提及冬日马戏团精彩的二十回合决战。没有提及如查理·斯威尼、比尔·伯德与迈克·斯塔拉特这些好友，也没提及安德烈·马松与米罗。没有提及我们去往黑森林的旅途、我们热爱的环巴黎一日森林探索游——这些都写在书中也不错，但我们且先就如此处理吧。

如果读者乐意，这本书可被视为虚构作品。但这样一本虚构作品，总也能对应一些已被叙写过的事实。

厄尼斯特·海明威
古巴，圣弗朗西斯科·德保拉，1960

圣米歇尔广场上的一处好咖啡馆

随后坏天气便来到了：它们常在秋尽时的某日降临。我们晚上得关窗挡雨，冷风摧落康特雷斯卡普广场的树叶。落叶浸泡在雨水中，雨乘风势吹打终点站的环城绿色大巴。“爱好者咖啡馆”中人满为患，室内的暖气与烟雾令窗上蒙了层晕。这家咖啡馆阴郁悲戚，经营不善，街区酒鬼汇聚其中。我避而远之，好躲开肮脏体味与醉汉酸臭。常去“爱好者咖啡馆”的男男女女只要还有钱买酒，便沉醉终日，多半喝整升或半升买进的劣葡萄酒。许多名字古怪的开胃菜招贴待售，但没几个人买得起，除非偶尔作为豪饮的垫底。常来喝酒的女人被叫做 poivrottes，意思是女酒鬼。

“爱好者咖啡馆”是穆菲塔路的“污水池”。这条漂亮拥挤的窄市场街直通康特雷斯卡普广场。老公寓里每层楼梯侧，都有间蹲式厕所；蹲坑两侧各一个印有齿道的鞋形水泥垫，免得房客打滑。厕所的秽物冲下污水池，由装大罐的马车乘夜抽走。夏天窗户全开时，我们听得见抽水声，臭味浓烈。装罐马车都漆成褐色与橙色，月光下在勒姆瓦纳主教街上辚辚而行时，看去像幅布拉克的画。然而“爱好者咖啡馆”无人打扫：墙上所贴的惩禁公共场所酗酒守则的告示泛黄肮脏，无人理睬；顾客不断，味道难闻。

随着冬天第一阵冷雨，城市所有的感伤忽然浮现。外出步行时看不见白色高屋的房顶，只余下湿暗的街道，紧闭的铺子，卖草药的商贩，文具店与报亭，二流的产婆，还有那栋我在顶层租房工作过的酒店：魏尔伦就在那儿过世。

酒店到顶楼是六层或是八层楼梯，里头很冷，我知道得花多少钱才能买一束树枝，买三把铁丝捆就、劈成半支铅笔长的短松木条用以引火，买一捆劈成节的半干硬木，好生一堆火，让房间温暖。我走到街对面，在雨中看屋顶，看是否有烟囱在冒烟，烟是什么样。没有烟。我想，大概烟囱冷了，冒不出烟了，屋里倒可能烟雾弥漫，这样浪费燃料，浪费钱。我继续冒雨走，路过了亨利四世中学、古老的圣艾蒂安—迪蒙教堂和寒风横扫的先贤祠广场，为了避雨，我靠路右边走，最后从圣米歇尔大道背风一侧走出来，一直向下，经过克吕尼和圣日耳曼大道，到了圣米歇尔广场我熟悉的一家咖啡馆。

这家咖啡馆惬意、温暖、干净又亲切。我脱了旧雨衣挂上衣帽架晾干，将褪色的旧呢帽挂上板凳上方的搭钩，点了一杯牛奶咖啡。侍者端了咖啡来，我从外套口袋里掏出笔记本和铅笔，开始写作。我写的故事在密歇根，因为巴黎寒风呼啸，于是故事里也是这般天色。我在童年、少年与青年时期，已经见识了秋末光景；我在巴黎能写得比在密歇根更好。这大概就是所谓生活在别处吧，我想：人也许与其他会生长的事物一样，都得将自己移植到别处。可是小说里的少年们都在喝酒，我不禁渴起来，便要了杯圣詹姆斯酒。这酒在天冷时品来绝妙，我继续写作，状态挺好，感受着上好的马提尼克朗姆酒温暖我的全身与灵魂。

一个少女进咖啡馆来，独坐在靠窗的桌旁。她很美，脸色鲜润，如果硬币是用光滑的肌肉与雨般清新的皮肤铸造，她的脸看去就像枚新铸的硬币，头发黑得像乌鸦之翼，修剪鲜明，成对角线横过脸庞。

我看着她，她撩到了我，让我兴奋起来。我希望可以将她写进故事或其他哪里，但她在可以看到街与店门的位置坐下，我便知道她在等人。于是我继续写作。

故事自行恣肆推进，我简直都跟不上。我又点了杯圣詹姆斯酒。我每次抬头时，或用铅笔刀削铅笔、任碎屑落进我饮料下的碟子时，都注视那个少女。

我想：我看到你了，美人，你现在属于我了，无论你在等谁，无论我是否还能再见到你。你属于我了，整个巴黎都属于我，而我属于这笔记本和这支铅笔。

然后我重返写作，沉迷其中。此时是我在写故事，而非故事擅自发展，我不再抬头看，不知时光流逝，不想自己身在何处，也不再点圣詹姆斯酒。我不觉间厌倦了圣詹姆斯酒。故事写完了，我很疲倦。我读了故事最后一节，抬头寻找那少女：她已走了。我希望，她是跟一个好男人走的，我想。但我还是郁郁不欢。

我合上笔记本，放进我的内袋，叫侍者来，点了十二个葡萄牙牡蛎和半瓶店里的干白葡萄酒。每次写完一个故事，我总觉得空空如也，悲欣交加，好像刚做完爱。我确认这是个好故事，虽然我得在第二天重读之后，才能确定有多好。

我吃的牡蛎带有浓烈的海洋腥味与微微的金属味，后者被冷白葡萄酒洗去后，只余下海洋的味道与多汁的嫩肉。我就着酒的清爽口感，吸掉了每个牡蛎壳里冷冷的汁液，于是我的空虚感消失了，我高兴起来，开始制定计划。

如今坏天气来了，我们可以暂离巴黎，找个冬雨化雪的地方：雪花透过松树降下，覆路盖坡；我们晚上踱回家时，能听到踏雪之声。雷阿望山下有一处宅子，膳宿颇佳，我们可以双双带着书去，晚间睡在温暖的床上，开窗看明亮的星空。我们可以去那里。坐三等车厢去并不贵。那宅子的膳宿，比我们在巴黎只略多一点点。

我可以退掉酒店顶楼用来写作的房间，只保留勒姆瓦纳主教街 74 号的出租房。我之前为《多伦多星报》写稿的稿费支票应该可以兑现了。我在任何地方、任何情况下都能写稿，所以出门这一趟钱是够的。

也许离开了巴黎，我才能写巴黎；就像在巴黎，我才能写密歇根。我那时不知道这还为时过早，毕竟我还不够了解巴黎。但我后来就是这么写作的。总之只要我妻子乐意，我们就可以出发。我解决掉牡蛎和葡萄酒，付了账，抄近路冒雨走回圣热纳维尔夫高地的公寓，这雨不过是当地天气，不是会改变你生活的玩意。

“我觉得这趟会挺好，塔蒂。”我妻子说。她长了张温柔脸蛋，听了我的建议后，微笑灿烂，两眼放光，仿佛收了厚礼，“我们什么时候动身？”

“随你喜欢。”

“啊，我想立刻就走。你知道嘛！”

“也许我们回来时天色就晴好了。天晴又冷时挺让人高兴的。”

“天气一定会好的。”她说，“还有，你想到出去玩的主意，真好。”

斯泰因小姐垂教

我们回到巴黎时，天色晴朗、寒冷又宜人。城市已经有了冬天的架势，我们街上卖柴卖炭的所在有好柴卖；许多上等咖啡馆外设了火盆，让人在室外区域都好取暖。我们自家公寓里温暖惬意。我们用木柴生的火上烧着煤粉制的蛋形小煤球。冬夜的街上灯光明丽。这会儿，你也习惯走在横穿卢森堡公园、新被雨水刷过、寒风凛冽的碎石路上，看到秃树参天了。看惯了秃树，你会觉得它们形同雕塑。冬天的冷风吹过小池水面，明亮的阳光照着喷泉吐水。我们在山里待过之后，这些步程都不算远了。

习惯了山里，回到巴黎，我走路时都没注意到坡度的变化，偶或注意到了，还觉得挺愉快；我登上先前租来写作的酒店顶层房间，自那里将周遭高坡的屋顶与烟囱一望之间尽收眼底，实在惬意。房间里的壁炉安得妥帖，工作起来温暖舒适。我将纸袋装的柑橘与烤栗子带回房间，饿了时便吃：剥掉柑橘皮，边吃边将橘皮扔进火堆，将橘子核也吐进去。步行、寒冷和工作，老会催我饿起来。我在房间里存了瓶从山区带回的克尔什白兰地，每个故事将要写完，或是一天工作将尽时，便喝一口。结束一天工作后，我将笔记本或纸张收进写字台抽屉，将剩下的柑橘藏进口袋。如果整夜放在房间里，它们会冻坏。

工作上走了运，下楼梯时都挺高兴。我总是写作到有所成效才罢休，总在我知道接下来该怎么做时停手。如此，次日我开始工作时，便知道如何着手。但有时，重新开始一个新故事时无从推进，我会坐在火前，将小柑橘的汁液挤向火的边缘，看着蓝焰腾起。我会站起俯视巴黎的各色屋顶，寻思："别担心。你之前总是写得成，你现在也能写出来。你得做的，不过是写一句真实的句子。写下你所知的真实的句子。"于是最后，我会写下一句真实的句子，从此继续。当我知道、看到或听过一句真实的句子时，写起来就容易了。如果我开始写得过于雕琢，或者写得像在介绍或推荐什么东西，我会将那些车轱辘话或修饰词剔除扔掉，以一句最真实的叙述性句子开始。就在那个顶楼房间里，我决定要写一个故事，一个关于我所知一切事物的故事。我写作时始终竭力做到这点，这是一种严格又有益的磨砺。

也正是在那个房间里，我学到了：从停笔不写直到次日重新开始的那段时间，别去想我所写的东西。我希望如此能让自己潜意识去构思作品，同时还能倾听他人，注意万事。我希望能学习，我以读书来避免思考作品，不令自己丧失持续写作的能力。创作顺利需要运气，也需要纪律；创作顺利时，我下楼时心情舒畅，可以自由自在地散步，到巴黎的任何地方。

如果午后我另挑了条路线，去卢森堡公园，我可以步行穿过公园，直到卢森堡博物馆，只是那里的名画，如今大多转到卢浮宫和国立热德鲍姆美术馆去了。我几乎每天都去那里，看塞尚的画，看马奈的画，看莫奈的画，看其他我在芝加哥艺术学院最初认识的印象派画家们的作品。我从塞尚的画中学到了：用简单真实的句子，还远不够令我的小说达到我希望达到的深度与广度。我从塞尚的画中获益良多，只是没能耐解释给人听。何况，这也是个秘密。如果卢森堡博物馆中灭灯了，我就穿过公园往回走，到弗勒吕斯路 27 号，格特鲁德·斯泰因小姐家里去。

我和我妻子此前已经拜访过斯泰因小姐，她跟她那位同住的朋友待我们亲切又热情。我们喜欢她那间壁悬名画的宽敞工作室，若非有个大壁炉，这里真像是顶尖博物馆里一个最好的展厅：温暖，舒适，主人还端出精美小食与茶水招待，另有紫李子、黄李子与野莓制作的天然蒸馏利口酒。这些醇香透明的酒装在雕花玻璃瓶里，倒在小玻璃杯中，尝着都有其果子本味：李子味或覆盆子味，最后化成你舌尖的一团火焰，令你温暖，令你放松。

斯泰因小姐甚是魁梧，但不算高，壮硕得像个农妇。她有漂亮的双眸，有张强硬的德国犹太裔脸型，又有些像佛留利人。她的衣服、神情多变的面孔、活泼可爱又生机勃勃带有异国风情的浓密头发以及她大概从学生时期保留至今的发型，都让我想起意大利北部的农妇。她总是口若悬河，总是以熟人或地名开头。

她的同伴声音悦耳，身材娇小，肌肤黝黑，头发修剪得像布泰·德·蒙维尔插图中的圣女贞德，长了个鹰钩鼻。我们初次拜访时，她正做着针线活。她继续绣着花，一边为我们奉上点心与甜酒，还与我妻子聊天。她跟一个人说着话，听着另一边说话，还时常打断另一边的对谈。之后她解释说，她总与来宾的太太们说话。我和我妻子都觉得，她对来宾的太太们不过客气下罢了。但我们还是挺喜欢斯泰因小姐和她朋友，虽则这位朋友不太好接近。她家的油画、糕点及白兰地都是十足精品。她俩看来也挺喜欢我们，待我们时仿佛我们是讲礼貌有前途的好孩子。我觉得她俩原谅了我们的相爱与婚姻——时间会解决这一点的——此后，我妻子邀她们喝茶时，她们也应约而来。

她俩到得我们公寓时，看来似乎更中意我们了，但也许只因为地方太小，我们坐得更近些。斯泰因小姐坐在搁地上的床边上，要看我写的小说；她说她喜欢所有篇目，除了那篇《在密歇根》。

“这篇挺好，”她说，“没问题。但这篇不够雅致。意思是，就像一个画家画了幅画，等有展览时却不好意思挂出来，也没人会买这幅画，因为人家也不好意思挂出来。”

“可是，如果这故事并不下流，只用了人们日常生活中会用的字眼呢？如果只有使这些字眼才能让故事显得真实，你必须用呢？你就得用这些字眼啊。”

“可是你根本没明白关键。”她说，“你不能写不雅的字句。那样做没意义。那样做错误又愚蠢。”

她告诉我，她自己希望在《大西洋月刊》上发表作品。她也能发表。她告诉我，我的作品还没好到够上《大西洋月刊》或者《星期六晚间邮报》，但我也许算个特立独行的新派作家。然而第一要务乃是记住，不要写不雅的小说。我没再针对这一点争执或试图解释。那是我自己的事，何况，光是聆听也够有趣了。那天下午她还告诉我，怎么买画作。

“你可以买衣服或者买画，”她说，“就这么简单。除非是富豪，谁都没法两样兼得。别在意你的衣服，别在意流行，买舒适耐穿的衣服，你就有钱买画了。”

“但哪怕我再也不买新衣服，”我说，“我还是没钱买我想要的毕加索啊。”

“不。他的画不是你能承担的。你得买些同龄人的画，跟你同在军队服役的那些人。你会慢慢结识他们，在这一带你就能遇得上。任何时代都会有新的、肯用心的好画家。而且买衣服多的不是你，是你太太。女人的衣服才贵呢。”

我发现我妻子尽力不去注视斯泰因小姐身上那些奇装异服。她还真做到了。她们离开时还是挺喜欢我们，我想，我们又被邀请去弗勒吕斯路 27 号了。

后来她请我，说冬天逢下午五点后，随时可以去她的工作室。我在卢森堡公园遇到过斯泰因小姐。我不记得当时她是否在遛狗，甚至不记得她是否有条狗。我记得我当时独自散步，因为我们那会儿养不起狗，甚至养不起猫，我只认识咖啡馆或小饭馆里的猫，再便是那几只蹲在看门人窗上、我很是喜欢的大猫。后来我倒常在卢森堡公园遇到斯泰因小姐遛狗，不过我想，这次大概她还没养狗呢。

我接受了她的邀请，管他有狗没狗呢；每次路过，我就去她工作室坐会儿。她每次都招待我喝原汁白兰地，喝完一杯，便坚持要再斟我一杯。我边看墙上的画，边和她说话。画很动人，谈话也美妙。多半是她在说，她跟我聊现代画派与画家——多半是聊他们的私人生活——以及她自己的写作。她给我看了许多本她的手稿。她那位朋友每天用打字机为她誊写稿子。每天写作让她开心，但我跟她熟了之后，发现这些每日产出、产量视她精力而定的作品，只有得以出品并获得认可之后，才能让她保持愉快。

我刚认识她时，这问题还不算尖锐，那时她已发表了三篇通俗易懂的小说，其中一篇《麦兰克莎》写得着实好，她实验性写作的一些代表作也已编集出版，那些认识她的评论家们大唱赞歌。她的人格魅力足以赢得任何人的支持，见过她或她藏画的那些评论家只凭对她性格的喜欢，对她判断力的信赖，就信任她，去评论他们看不懂的作品了。她还发现了许多韵律与叠词方面的有用规律，说来滔滔不绝。

但她讨厌修改作品这差事，讨厌将小说写得通俗易懂这种要求，虽然她还需要出版作品、获得认可，尤其是出版那部长得不可思议的书《美国人的形成》。

这本书开头宏丽，进展一路顺遂，许多章节才华横溢，但之后就是没完没了的重复，若换个更有自知之明，或是不那么懒的作家，会将这些段落扔进废纸篓。我后来说服，确切说是强迫了福特·麦多克斯·福特在《大西洋评论》上连载了这部小说，虽然明知《大西洋评论》直到终刊都没法将之连载完。斯泰因小姐懒得看校样，我只好代她看了出版校样，所以对小说内容知之甚详。

但以上这些，都是我穿过门房与凉飕飕的院子，来到温暖的工作室的这个寒冷午后，又过了几年的事了。这天午后，斯泰因小姐教导我性爱知识。那时我们已经挺喜欢彼此了，我已经明白，每当遇到什么我不懂的事，里面一定有点问题。斯泰因小姐认为我性知识太贫乏，我也得承认，我对同性恋有点偏见，因为我晓得同性恋里某些最粗野的做法。我知道，在“色狼”这词还没专指玩弄女性的男人之前，一个少年和流浪汉们在一起时，必须带上刀子，还可能得为了自卫动手呢。在堪萨斯的日子，让我懂了不少不雅的黑话，我也了解了堪萨斯、芝加哥和湖船上许多规矩。斯泰因小姐追问我，我跟她解释说，假如你是个少年，又跟一群男人结伴流浪，你得随时做好准备杀人，得懂得怎么杀，什么时候动手，这才能防止别人对你乱来。这么说够雅了吧？如果你确认有胆子杀人，其他人会很快感知到，便不敢来碰你了。但也有些情况，你可不能让自己落单受夹击。若用船上那些色狼的不雅字眼来解释，那就更生动了："哎呀缝是挺好，有眼也要。"但我跟斯泰因小姐说话时总是注意言辞，虽则直截了当的词句，能把偏见解释得更清楚。

"对，对，海明威，"她说，"但你那会儿，可是生活在罪犯和人渣的环境里啊。"

我不想为之争辩，但我心想：那时我生活在真实的世界里，周遭人等形形色色。我也曾尽力理解他们，不过某些人我依然喜欢不起来，有些人我始终痛恨。

"但有一个老人家，风度翩然、名头响亮，当时来意大利的医院里，给我带来一瓶马萨拉或坎帕里酒，举止完美。然后有一天，我得告诉护士，别让这老头再进我房间了，这又怎么说呢？"我问。

"那种人都有病，他们无法自制，你应该怜悯他们。"

"我要不要同情某某呢？"我问着，我说了这人的名字，他很爱自己报名，所以我觉得没必要代劳了。

"不，那是个坏家伙。他诱人堕落，着实邪恶。"

"但他是个好作家。"

"他不是，"她说道，"他就是好出风头，他以诱人堕落为乐，还勾引人掉进其他深渊，比如吸毒。"

"那米兰那个，你认为我该怜悯他的老头子，他不是在试图引诱我堕落?”

“别傻了，他怎么会希望引诱你堕落? 你会用一瓶马萨拉葡萄酒勾引你自己这样爱喝烈酒的少年吗? 不，他就是个可怜的老头，没法控制自己。他病了，他没法自制，你该怜悯他。”

“我当时挺可怜他的，”我说，“但我很失望，他之前真是风度翩然。”

我又喝了口原浆白兰地，怜悯了老头一会儿，又看看墙上挂的毕加索那幅《裸女花篮》。我没再开始对话，觉得对话变得有点危险。本来斯泰因小姐的对话是不会中断的，但我们停下来了，她似乎想跟我说什么，我又倒了杯酒。

“你一点都不懂这种事，海明威。”她说，“你见识过犯罪分子、病人和恶人。主要问题是，男同性恋做事太肮脏恶心，事后他们也自我厌恨。为求解脱，他们就酗酒吸毒，然而他们也恨这种行为。他们不断换伴，却总不能获得真正的欢乐。”

“明白了。”

“女同性恋则是另一回事。她们什么肮脏恶心的事情都不做，事后她们还很开心，她们还能双双快乐生活呢。”

“明白了。”我说，“但是那个某某呢？”

“她很邪恶，”斯泰因小姐说，“她着实邪恶，所以她除非换了新伴，否则永远不快乐。她诱人堕落。”

“我懂了。”

“你确定你懂了？”

那时要弄懂的事情实在太多，所以每次能转移话题，我都挺庆幸。天晚了，公园关门了，我得沿着公园外走到沃日拉尔街。公园门锁了，挺让人难过的，我得绕路走回勒姆瓦纳主教街的家这事更让我难过。那一天开始时多美好啊。明天我要努力写作了。工作可以治疗一切，我那时相信这点，我现在依然相信这点。那时斯泰因小姐觉得我唯一需要改善的，就是我的青涩和我对妻子的爱。我回到勒姆瓦纳主教街的家，将我刚知道的事儿告诉我妻子时，我已经全然不悲伤了。当夜，我们分享了我们已有的知识，以及在山间新学得的知识，心满意足。

“迷惘的一代”

我很容易便习惯了黄昏时路过弗勒吕斯路 27 号，顺便拜访一下，聊天，看画，暖暖身子。斯泰因小姐常闭门谢客，但见了面倒总是很热情，很长一段时间她都态度亲切。每次我外出报道各色政治会议，或者为加拿大报纸及通讯社去近东或德国采访，归来之后，她总让我说些趣味轶事。趣事不断，她很喜欢，还爱德国人所谓“恐怖笑话”。她想听世界美好的一面，拒绝听真实糟糕的一面。

我那时年轻，无忧无虑，最糟糕的时节也找得出奇闻趣事，斯泰因小姐就爱听这些。其他的我便不提，只是自己写下来。

我不出远门时，也会在一天写作后拜访弗勒吕斯路，尝试听斯泰因小姐聊聊我的书。我写作时，写完之后读一遍是必要的功课。如果你不停琢磨，第二天再开始写时便会失了线索，写不下去。你最好锻炼身体，劳其筋骨；最好就是跟你所爱的人做爱，胜过其他一切。但此后，当你空虚时，你就得阅读，以免重开写作前过于忧心。我已经学会了，永远不要舀干创作之井，该在井深处还有存水时便停止，让夜间流入的泉水将井重新填满。

为了让自己歇工时得以分心，我也会读些当代作者的小说，比如阿道司·赫胥黎的书，比如 D. H. 劳伦斯的书，或者其他我能从西尔维娅·比奇的图书馆借到，或者街上买得到的书。

“赫胥黎是个行尸走肉。”斯泰因小姐说，“你为何会想读个行尸走肉的书？你看不出他都死气沉沉了么？”

我那时还看不出他多死气沉沉，我说他的书好玩，可以免我思考。

“你只应该读真正的好书，或者绝对的坏书。”

“我一个冬天都在读绝妙好书，去年整个冬天也这么过的，明年冬天还会这么读，我不喜欢绝对的坏书。”

“那你干吗读这种垃圾书？这是本不折不扣的垃圾，海明威，一个行尸走肉的作者写的。”

“我想看他们写的是什么，”我说，“而且可以让我省心不思考。”

“你还读其他谁的书？”

“D. H. 劳伦斯，”我说，“他写了些挺好的短篇故事，有一篇叫《普鲁士军官》。”

“我试过读他的小说。他这人不可理喻。他的东西凄惨又荒诞。他写起东西来像个病人。”

“我喜欢《儿子与情人》，喜欢《白孔雀》。”我说，“也许他没那么好，像《恋爱中的女人》我就读不下去。”

“如果你不想读坏书，想读点引人入胜又特色鲜明的书，你该读玛丽·贝洛克·朗兹的书。”

我从没听过这个作者，于是斯泰因小姐把写“开膛手杰克”的精彩小说《房客》借给了我，还借我一本讲巴黎郊外谋杀案的书——那地方多半是昂甘泉。这两本书都是极佳的消遣读物，人物描写扎实，情节与恐怖也不显假。完美适合我收工后的休闲阅读，我之后便读了贝洛克·朗兹夫人所有的书。然而她的书就那么多，且没有堪与头两部媲美的。此后，直到西默农的第一批好书出版，我才又找到类似的好书，来打发日日夜夜的闲暇时光。

我想斯泰因小姐大概会喜欢西默农的好小说——我读的第一本要么是《一号水闸》，要么是《渠边人家》——可我不太敢确认，毕竟我认识斯泰因小姐时，她爱讲法语，却不太爱读法语小说。我读的头两本西默农是珍妮·弗兰内给的。她爱读法语书，从西默农还是个采访罪案的记者时，她就开始读他的文字了。

我记得自己和格特鲁德·斯泰因交情甚好的那三四年里，她对那些不捧她作品、没帮扶她事业的作家，从没一句好话。仅有的例外是罗纳德·弗班克，以及后来的斯科特·菲茨杰拉德。我与她初见时，她谈起舍伍德·安德森，没论及他身为作家那部分，却两眼放光地谈他身为一个男人的姿态，那双漂亮温暖的意大利式眼睛，那身和蔼仪态与翩翩风度。我却不在乎他的意大利式眼睛、他的和蔼仪态与翩翩风度，只衷心喜欢他某几个短篇小说。那些小说写来简洁，有些写得极为漂亮，他了解他笔下的人物，深深地关爱他们。斯泰因小姐不想谈论安德森的小说，却总是谈论他的为人。

“他的小说怎么样呢?”我问她。她却不愿谈论安德森的小说，一如她不愿谈乔伊斯。如果你在她面前第二次提乔伊斯，她便不会再邀请你了，就像在一个骄傲的将军面前提起另一个将军似的。你犯过第一次错误后，便吸取了教训。不过，你倒还可以提及个把被击败过的将军，如此一来，骄傲的将军就会大肆赞扬被击败的那位将军，兴高采烈地陈述自己取胜的细节。

安德森的小说写得太好，于是我没法就此跟斯泰因小姐挑起话头。我倒也预备过跟斯泰因小姐谈论他小说如何写得奇差，但这也不太好，因为这就批评了安德森：他属于斯泰因小姐最忠诚的支持者之列呢。后来，安德森终于写了个叫《黑色的笑声》的小说，实在糟糕，我忍不住模仿他的笔锋写了篇小说来嘲弄，斯泰因小姐为之大怒——我正好攻击了她阵营中的一员！不过在此之前很长一段时间，她倒没生气。她，她自己，在舍伍德身为作家的声誉下跌时，却开始赞美舍伍德了。

她也生艾兹拉·庞德的气，因为他来访时一屁股坐进一张又小又脆，无疑也很不舒服的椅子上——可能是故意安排他坐的——结果把椅子坐坏了。但庞德身为名诗人，待人温和，行事慷慨，本该给他张大一些的椅子，这一点主人却根本没考虑。至于那些圆滑又尖刻的讨厌庞德的借口，是斯泰因小姐自己几年后编出来的了。

斯泰因小姐提到“迷惘的一代”那时节，我们刚从加拿大回来，还住在香圣母院路，那时我们交情尚好。她那辆福特T型老车点火装置有些问题，车厂修理的小伙子在一战最后那年还在军队服役，不知是技术不熟还是没优先修理斯泰因小姐的车，总之用斯泰因小姐的话说，他不够“认真”，经斯泰因小姐抗议后，车厂老板狠训了小伙子一顿，临了老板说：“你们都是迷惘的一代！”

“你们就是这样，你们全都是这样。”斯泰因小姐说，

“你们所有在战争里服役的年轻人都是。你们是迷惘的一代。”

“果真?”我说。

“你们就是,”她坚持,“你们对万事都无敬意,你们醉生梦死……”

“那年轻修理工喝醉了么?”我问。

“当然没有。”

“你见过我喝醉么?”

“没有。但你的朋友们都常喝醉。”

“我喝醉过,”我说,“但我可没醉醺醺来过这儿。”

“当然没有。我没那么说。”

“那小伙子的老板倒可能在上午十一点就喝醉了,”我说,“所以他会说这种可笑之辞。”

“别跟我争辩,海明威,”斯泰因小姐说,“根本没用。你们就是迷惘的一代,就跟那车厂老板说的一模一样。”

之后,当我写作我第一部小说时,我试着从《圣经·传道书》里引了一句话,以对比斯泰因小姐从修理厂老板那里听来的话。但那天晚上,我踱回家时,想着修理厂那个小伙子,想那些汽车改成救护车时,他是否也被拉去开过车。我还记得满载伤员的汽车从山区公路驶下时，他们如何踩住刹车，刹车磨坏了便挂倒挡，我还记得最后那些车空载过山，好换几辆有金属刹车和上等手动变速器的大型菲亚特车来。我想着斯泰因小姐与舍伍德·安德森，想着自高自大与精神的懒惰，想着与此对立的严以律己，想着究竟谁在指责谁是迷惘的一代？我沿着山坡走向丁香园咖啡馆，灯光落在我的老朋友、那尊内伊将军铜雕塑上，军刀刺向前方，树叶投下阴影，他孤身在此，背后无人，他在滑铁卢遭遇了何等惨祸啊，我想，所有世代的人都为什么迷惘着，以前如此，以后亦如此，我在丁香园停步，好与雕像做伴，回到锯木场楼上的家里去前，喝上杯冰啤酒。然而，持酒坐看雕像时，我想到，法军从莫斯科撤退，拿破仑与科兰古坐马车奔驰而去，内伊率军殿后，且战且退时，奋战了多少个日子啊。我想到先前，斯泰因小姐是个何等温暖亲切的朋友，想到她谈起纪尧姆·阿波利奈尔过世时的言辞何等壮丽——阿波利奈尔死于1918年，一战停战协议签署之日，群众高呼“打倒威廉（纪尧姆）”时，昏迷中的阿波利奈尔还以为他们要打倒自己呢。我想我得尽我全力帮助她，尽力让她的卓越工作得到应有的承认，请上帝和米歇尔·内伊帮助我。但是，她那些什么“迷惘的一代”的鬼话，那些肮脏轻率的标签，还是都见鬼去吧。

我回家进庭院上楼，看到我妻子、我儿子和他的猫 F. 普斯，都面带喜色，壁炉里还生着火。我对妻子说，“你知道，格特鲁德这人毕竟还不错。”

“当然了，塔蒂。”

“但她有时候也胡说八道。”

“我从不听她说话，”我妻子说，“我是个太太，我只跟她那个朋友说话。”

莎士比亚书店

那些日子里没钱买书。我从莎士比亚书店的图书馆——那是西尔维娅·比奇开在奥戴翁路12号的书店——里头借书。寒风凛冽的街上，这地方温暖惬意，冬天生起大火炉，有桌子，有一架架书，新书列在橱窗里，墙上张挂作者的照片：在世的，逝世的，都有。照片看去都像快照，甚至已经不在的作者，看去都像仍在世似的。西尔维娅的活泼脸孔棱角鲜明如雕塑，褐色的眼睛灵动如小动物，快乐得像个小姑娘。她波浪形的褐色头发从她好看的额头向后梳，在浓密处齐耳剪平，正好到她穿的棕色天鹅绒外套领子。她有双美腿，为人和善、愉悦又有好奇心，爱开玩笑还好打听。我认识的人里，没人比她对我更好了。

我第一次去书店时很羞怯，因为我带的钱不够租书。

她告诉我，我可以等有钱了再交押金，还给了我一张借书卡，告诉我想拿多少书都随意。

她没理由信赖我。她并不认得我，且我给她的地址——勒姆瓦纳主教街 74 号——属于再穷不过的街区了。然而她愉快、热情又好客，她背后齐墙高、伸到大楼内院里屋的书架上满架的书，就是图书馆的宝藏。

我从屠格涅夫借起，拿了两卷《猎人笔记》，以及一本 D. H. 劳伦斯的早期作品，我记得是《儿子与情人》吧，西尔维娅告诉我，如果想，可以多拿些书。我选了康斯坦特·加内特翻译的《战争与和平》和陀思妥耶夫斯基的《赌徒与其他》。

"你借这么多的话，近期就来不了啦。"西尔维娅说。

"我会回来付钱的。"我说，"我公寓里还有点钱。"

"我不是这意思。"她说，"钱等你方便了随时付。"

"乔伊斯何时来？"我问。

"如果他来，经常是黄昏时分吧。"她说，"你见过他么？"

"我们见过他跟他全家人在米肖酒店吃饭。"我说，"但盯着人家吃饭不礼貌，米肖又挺贵。"

"你在家吃饭么？"

"现在差不多是。"我说，"我们有个好厨子。"

“你住的那区没餐厅，对吧?”

“没有啊。你怎么知道?”

“拉尔博在那里住过。”她答道，“除了没餐厅这事，他还挺喜欢那里的。”

“价廉物美的馆子，最近的得在先贤祠了。”

“那一带我不熟。我们也在家开伙。你和你太太一定得来。”

“得先看我是不是付得起书钱吧。”我说，“但真的谢谢你。”

“读书别太赶啦。”她说。

我在勒姆瓦纳主教街的家是一间两室公寓，没热水，没洗手间，只有一个防腐便桶，对蹲惯了密歇根户外厕所的我而言，也没什么不便。周遭风景不错，地板上有张软垫弹簧的好床，墙上有我们喜欢的画儿，所以此处也算惬意快活。我带书回家，告诉妻子：我找到了莎士比亚书店这等好地方。

“但是塔蒂，你今天下午就得过去把钱付了。”她说。

“我当然会去。”我说，“我们一起去。然后我们就顺着河岸散步。”

“我们一直走到塞纳路吧，看所有那些画廊和商店橱窗。”

“当然，我们可以走到任何地方，在哪家没熟人的新咖啡馆，停下喝一杯。”

“我们可以喝两杯。”

“然后我们可以找哪里吃饭。”

“不，别忘了我们还得付书店钱呢。”

“我们回家吃饭，我们吃一顿好的，从窗外那个合作商店买点博纳红酒喝——你看窗外就看得见酒价了。回头我们就读书，然后上床，做爱。”

“而且我们只爱彼此，永不变心。”

“永不变心。”

“这样过个下午和晚上多美好啊。现在我们得吃午饭啦。”

“我饿得很。”我说，“我在咖啡馆靠奶油咖啡支撑一上午呢。”

“写得怎样，塔蒂？”

“我想还好。但愿吧。午饭吃什么？”

“小萝卜，香喷喷的牛肝配土豆泥，莴苣沙拉，苹果派。”

“我们可以读到世上所有的书，我们出去旅行时，还可以带上读。”

"我们这样没坑到谁吗?"

"当然没问题!"

"她也有亨利·詹姆斯的书吗?"

"当然有!"

"哎呀!"她说,"你找到这么个地方,我们真走运!"

"我们总是走运!"我说着,跟个傻瓜似的,都没敲敲木头避忌讳。那公寓里,到处有可敲的木头。

塞纳河边人

从勒姆瓦纳主教街上，有许多条路通到塞纳河边。最短的一条路是直沿街而下，只是路太陡，且一到平地，穿过圣日耳曼大道街口的重重车流，便是一段阴森荒凉、阴风飕飕的河岸。这里右侧挨着一个酒市，不同于巴黎任何一个市场，此处是个关栈，扣存葡萄酒以待完税，外表看来，阴森得仿佛军用仓库或者监狱。

塞纳河支流对岸，便是圣路易岛，那里街道窄，老屋高而又美，你可以去到那里，或是左转沿河边路走，于是圣母院与西岱岛就在对面了。

河岸边的书摊上，你有时能廉价买到新出版的美国书。银塔餐厅楼上有些房间，那时还出租，租客在银塔吃饭时还能打折；那些房客忘带走的书，仆人都拿去不远的河岸书摊卖，你花不了几个法郎，就能从老板娘那里买到手。她不把英语写的书当回事，买时既没花几个钱，卖也只求薄利。

“这些书好吗？”我们成了朋友之后，她如此问。

“偶尔能赶上本好书。”

“你怎么分辨呢？”

“我读了就知道啦！”

“但仍然得碰运气，再说多少人能读英语呢？”

“把英语书都存着，给我过一遍。”

“不，不能存。你又不常来，你老长时间不露面。我得尽快卖书。谁都不晓得这些英语书是不是值钱。赶上它们一文不值，我存下来了，卖都卖不掉。”

“你怎么分辨一本法语书有没有价值呢？”

“先看有没有插图，然后是插图质量，再就是装订。如果这是本好书，书主人一定会要求精心装订。英语书倒都装订过，但装订很糟，看不出好坏。”

除了这家书铺，从银塔到大奥古斯丁码头路，无处可觅英美书籍了。从大奥古斯丁到伏尔泰码头路那段，倒有几处书铺，左岸几家旅馆，尤其是伏尔泰饭店的雇员，会捡了客人丢的书卖给书铺。伏尔泰饭店的阔佬旅客最多。有一天，我问另一位已成我朋友的书铺老板娘，那些书的主人自己有没有卖过书呢？

“没有，”她回答，“那些书都是主人扔了的，所以我们知道这些书不值钱。”

“大概是朋友们送了，让他们在船上读的吧?”

“一定的，”她说，“他们肯定在船上扔了不少书。”

“对，”我说，“航运公司把书收集了一装订，就成了船上博物馆的藏书。”

“真聪明，”她说，“至少他们会好好装订一下，这样这些书又值钱了。”

我工作结束后，或我想思索点什么时，便会沿河岸而行。我散步、做活或看内行做事时，思考会容易些。在西岱岛尖的新桥下，有一座亨利四世雕像，岛便从那一点伸入河水，仿佛一个尖船头，水边有一处小公园，栗树葱茏，塞纳河流经此处，分出几股暗流与回流，这里是钓鱼的好所在。沿阶下到公园里，看得见那里与大桥下许多人在垂钓。钓鱼的好所在随水位起伏变化。钓鱼人使用拼接起的长钓竿，顶端倒是钓钩精巧、浮标轻盈，老练地垂水诱鱼。他们总能钓到些鱼，经常钓得到酷似鲤鱼的鮈鱼。这种鱼整条炸来甚是美味，我可以吃一盘。它们肥美肉甜，口感还细腻过新鲜的沙丁鱼，一点都不油，我们连它们的骨头一起吃。

吃鮈鱼最好的地方之一，是巴默东那里一家建在河面上的露天餐厅，叫做“神奇渔场”，我们每逢手头宽裕时便去。此处有极好的白葡萄酒，用蜜思卡黛葡萄酿的。莫泊桑小说里写过这里，西斯莱则画过这里望到的河景。你不一定得走那么远吃鮈鱼，你到圣路易也能吃到好煎鱼。

我认识几位钓鱼人，常在塞纳河上圣路易岛到威尔—加朗之间的鱼群密集水域垂钓，天气晴朗时，我会买一升葡萄酒、一条面包配些香肠，坐在阳光里，读我买的哪本书，看他们钓鱼。

游记作者把塞纳河上钓鱼者写成疯子，从来钓不到什么东西。但他们是认真钓鱼，确有渔获。钓鱼人大多单靠微薄的养老金度日——那时他们尚不知通货膨胀会令养老金贬值——也有些是赶着全天或半天的休息日来此钓鱼的爱好者。在马恩河汇入塞纳河的沙朗通以及巴黎两头，都有更好的钓鱼所在，不过巴黎市内反正也有钓鱼的好所在。我不钓鱼，是因为我没有渔具，再者我想省下钱，去西班牙钓鱼。而且我也不知道自己何时能完工，也不知道我何时会离开巴黎，所以我不想在钓鱼这种看运气撞日子的事情里多所沉溺。但我热切旁观他们钓鱼，因为钓鱼有趣，学之有益。每当我看到市里有人钓鱼，钓得全神贯注，还能带些鱼回去全家共享，我就十分高兴。

钓鱼人自有河上生涯，驳船上自有船上生涯，拖船放倒了烟筒拖着一串小货船驶过桥下，石头河岸上榆树耸立，还有法国梧桐与白杨：有了这些，我在塞纳河边永不会寂寞。市里的树如此之多，你能看见春天逐日走近，直到盈夜暖风，次日早晨便春归大地。有时候冷风沉重，会将春天赶回去，似乎再也不来，于是你失去了生命中的一个季节：这是巴黎唯一真正悲伤的时节，因为这样违天背时。你在秋天自会感伤，每年秋天树上落叶秋风剔枝，你的某些部分也随之死去。但你知道春天总会来，就像你知道河流解冻后自会流淌。当冷雨扼杀春天时，就像一个年轻人莫名其妙地死去了。

那些日子里，春天最后总会到来；但想到春天几近夭折，还是令人心惊。

虚假的春天

春天到来时，即便是虚假的春天，也令人万事无忧，只剩下琢磨去哪儿度春最开心了。唯一能败坏一天兴致的，也就是来个客人，只要你能闭门谢客，那便百无禁忌了。除了少数与春天一样明媚的客人，大多数来客都会阻碍你取乐。

春季早晨，我妻子犹在酣睡时，我便会早早开工。窗口大开，雨后的鹅卵石街道也渐干了。阳光晒干面窗那些屋子的墙面。商店的百叶窗犹未打开。牧羊人吹着风笛沿街行来，我们家楼上的一个妇人带着个大罐出至人行道上。牧羊人选了只胸乳鼓胀的黑母羊，挤了羊奶进罐。他的牧羊犬在旁将其他羊赶上人行道。羊群扭颈四顾，活像观光客。牧羊人从妇人手里取了钱，谢过了她，继续吹着风笛走街串巷，牧羊犬驱羊而行，羊角颠动。我继续写作。那妇人端了羊奶上楼。她穿了双毡底鞋，我只听见她在我家门外停步喘气声，再便是上楼进房后的关门声。我们楼里，只有她一个人买羊奶。

我决定下楼去买一张赛马早报。再穷的街区都有起码一份赛马早报，只是这种日子，你得早点去买。我在康特雷斯卡普广场角上的笛卡尔街转角买到了一份。羊群正走过笛卡尔街呢，我呼吸了几口新鲜空气，快步回家好完成工作。我刚被诱惑了，真想留在外头，跟着羊群走过清晨的街道。但我重新开工前，先看了报纸。昂甘正在举行赛马，在那个小巧漂亮、外行云集的销金的赛马场。

于是那天我完工后，我们去看赛马。我供稿的多伦多报纸刚汇来了点钱，有机会我们就来下个重注。我妻子之前在奥特伊给一匹叫“金山羊”的马下了注，赔率 120 比 1。那匹马领先了 20 个马身，然后在最后一跳时摔倒，连带输掉了我们半年的生活费。我们尽力不去想这事。那年我们给“金山羊”下注前，可一直都赢钱呢。

“我们的钱够赌个大的吗，塔蒂?”我妻子问。

“没有。我们只能得计算着来。这笔钱你想用在哪里呢?”

“呃……”她迟疑了。

“我知道。近来生活紧张，我管钱也管得太抠门了。”

“不，”她说，“不过呢……”

我知道我们过得多抠搜，知道境况多窘迫。埋头工作、乐在其中的人，不会在意自己挨饿受穷。我觉得浴缸、淋浴、洗手间和抽水马桶是比我们低劣的人才用的，或者旅途中享用下就行了，我们还常出门旅游呢。反正河边街上总有公共浴室嘛。我妻子在“金山羊”倒地时哭了，之后也没抱怨过我们的境况哪怕一次。我记得她是为那匹马而哭，倒不是为了钱。之前她想要一件灰色羊毛夹克衫时我犯过蠢，她一买下来我却还挺喜欢。我在其他事上也犯过蠢。这一切都是为了对抗贫困，想击败贫困就不能乱花钱。不买衣服省钱买画的人尤其得如此。不过那时，我们并不自诩穷人。我们不接受这点。我们觉得自己是高尚的人，我们所鄙视的人们则挺有钱，不去相信他们就对了。我从来没觉得多穿几件内衣来御寒有什么奇怪，只有那些富人才觉得滑稽。我们吃喝得价廉物美，我们共眠得踏实温暖，我们还深爱彼此。

“我想我们该去赌一把，”我妻子说，“我们好久没赌马了。我们可以吃顿午饭，喝点酒。我可以做些上好的三明治。”

“我们可以坐火车去，这样便宜。但如果你觉得我们不该去，那就别去。我们今天是去找乐子的，天气多好啊。”

“我想我们该去。”

“你不想把钱花在别的地方吗?”

“不想,”她高傲地说,她漂亮的高颧骨最适合高傲的表情了,“也不看看我们是什么人!”

于是我们从北站坐火车出发,穿过城市最肮脏悲怆的地段,从铁路的侧线走进赛马场草地。为时尚早,我们将雨衣铺在新修剪的草地上,坐上雨衣,吃午饭,就瓶喝葡萄酒,看正面的老看台、木制泛棕色的赌票间、绿草成茵的赛道、深绿色的马栅、粼粼的障碍池,以及洁白如洗的石墙、起跑标与栅栏,围场边上的春树新绽了叶子,第一批马被牵出来溜达。我们又喝了些酒,琢磨赛马报上的消息,我妻子就躺倒在雨衣上睡着了,阳光洒在她脸上。我去到下注处,找到我以前在米兰圣西罗时认识的一个人。他给我指了两匹马。

“记着,这两匹马没法让你发财,但也别让赌价吓住了。”

我们将手头一半的钱押了第一匹马,赔率是 12 比 1,结果赢了。那匹马越栏优美,在对面跑道力拔头筹,领先四个马身冲线夺冠。我们把押的钱留下一半,放另一半在第二匹马上。第二匹马开局冲前,在越栏和平地都领先,刚过终点时，最被看好的那匹马便急赶而来。

我们去看台下面的吧台要了杯香槟，等赌价出来。

“我的天，看赛马真累人，”我妻子说，“你看到那匹马紧追的样子了吗？”

“我这会儿都紧张呢。”

“那匹马赔率多少？”

“标注是 18 比 1，但他们也可能最后才下注。”

马群走过，我们下注的那匹马浑身汗湿，鼻孔大张着喘息，骑师轻拍着马背。

“可怜的马儿，”我妻子说，“我们就只是下注而已。”

我们看着马群过去，又喝了一杯香槟，赌价出来了：85。即，下注 10 法郎，赢 85 法郎。

“他们最后一定在那匹马身上下了大注啊。”我说。

但我们赢了挺多钱了，对我们而言堪称横财，我们现在又有春光又有钱啦。我想我们也只需要这个。如此过一天，如果你把赢来的钱分四分之一给彼此使用，剩下一半便可作为赌马基金。我把赌马基金和别的费用分开，悄悄藏起来。

那年稍后的某天，我们刚旅行归来，赛马时又走了运，回家途中在普吕尼埃饭店门口，将橱窗里各色珍奇看罢一遍后，进门坐在吧台。我们吃了牡蛎和墨西哥蟹，配了几杯雪利酒。我们在夜幕下回家，穿过杜伊勒里时停下来，透过小凯旋门，凝望黑暗中的花园，夜色之后是协和广场的灯光，再之后便是一长串渐次升高、通到凯旋门的路灯了。然后我们回身看向黑暗中的卢浮宫，我问，“你真相信，这三个拱门是一条直线吗？这两座，还有米兰的西尔米奥奈？”

“我不知道，塔蒂。他们都这么说，他们大概知道吧。你还记得那次我们冒雪翻过山，来到圣伯纳山口的意大利一侧，一脚便踏进了春天，你记得你、钦克和我一起在春光里走了一天，直到奥斯塔吗？”

“钦克说，那是‘穿着逛街鞋，翻越圣伯纳山口’，还记得你的鞋吗？”

“我可怜的鞋呀。你还记得我们在加莱利的比菲餐厅吃大玻璃樽里的新鲜桃子、野草莓配卡普里酒和冰块吗？”

“我就是那会儿开始琢磨三拱门的。”

“我记得西尔米奥奈拱门。就跟这拱门一样。”

“你记得艾格尔的小酒店么？你和钦克坐在花园里读书，我在钓鱼？”

“记得，塔蒂。”

我记得罗纳河，狭窄，灰色，满河雪块，河两边是斯托卡普和罗纳两条运河，出产鳟鱼。那天斯托卡普运河很是清澈，罗纳运河依然浑浊。

“你还记得七叶树开花时节，我怎么竭力回忆一个吉姆·甘贝尔告诉我的关于紫藤蔓的故事，却怎么都记不起么？”

“记得，塔蒂。你和钦克总是讨论如何描述得真实，如何如实写来不加文饰。我记得一切。有时他是对的，有时你是对的。我记得你们争论的是灯光、结构和形体什么的。”

此时我们已经穿过卢浮宫，过了外面的街道，站在桥上，倚着石栏，看桥下河水。

“我们三人都会争论一切，总争论具体问题，还互相打趣。我记得那次旅行我们所说所做的一切，”哈德莉说，“我真的都记得。一切。你和钦克讨论时我也参与其中。可不像在斯泰因小姐那里，我只是个来客的妻子。”

“我真希望我能记起那个关于紫藤蔓的故事。”

“故事不重要，主要是那种藤蔓，塔蒂。”

“你还记得我从艾格尔带回小木屋的葡萄酒嘛？那种酒在小酒店里发售，他们说这些酒该搭配鳟鱼喝。我们好像用《洛桑报》包裹着带回去的。”

“锡永葡萄酒还应更好些。你记得我们回到木屋时，甘奇维西夫人已经用酸汁炖好了鳟鱼么？真是好鳟鱼啊，塔蒂，我们坐到外面的门廊，喝塞恩葡萄酒，下面就是大山斜坡，可以远看湖对岸，积雪到半山腰的南山，还有罗纳河入湖口的树。”

“我们总是在冬天与春天想念钦克。”

“总是如此，现在春天过了，我都在想念他呢。”

钦克是个职业军人，从陆军军官学校毕业后就去了蒙斯。我与他在意大利初遇，之后他成了我最好的朋友，很长一段时间里，他也是我与我妻子最好的朋友。那时他总来我们家度假。

“他准备设法搞到明年春天的假期。他上周从科隆写来封信。”

“我知道。我们还是该珍惜眼前，分秒必争。”

“我们已经看了河水拍墙的所在，再往上游看看吧。”

我们望向河水上游，一切尽收眼底：我们的塞纳河，我们的巴黎，我们的岛。

“我们太幸运了。”她说，“我希望钦克可以来。他很照顾我们。”

“他自己倒不这么认为。”

“当然啦。”

“他觉得我们是在共同探险呢。”

“没错，不过也得看是探什么险。”

我们过了桥，来到我们家这边的河岸。

“你又饿了吗？”我问，“我们连说带走的。”

“当然了，塔蒂，你不饿？”

“我们找个好广场，正经吃顿大餐吧！”

“哪儿呢？”

“米肖饭店？”

“完美！何况又那么近！”

于是我们走上教皇路到雅各路拐角，时时停下看看橱窗里的画与家具。我们在米肖饭店门外站住读菜单。米肖饭店很挤，我们等位，看着那些已经开始喝饭后咖啡的客人们。

我们因为走路，又饿了起来，米肖这么昂贵的饭店则让我们兴奋。那次我就看见乔伊斯一家在这里吃饭：他和妻子诺拉靠墙坐，乔伊斯一手举菜谱，透过厚眼镜片扫视；诺拉在他身旁，她食欲颇佳，只有些挑食；乔治奥身材瘦弱，打扮周正，背后看去头发泛着光亮；露西亚一头浓密的鬈发，是个还没长开的小姑娘；全家人都说意大利语。

站在这里，我不禁好奇：我们在桥上的感觉，有多少是单纯的饥饿呢？我问妻子，她说，“我不知道，塔蒂。

饥饿的种类太多啦，到得春天便更多。但春天过去了，记忆本身就是饥饿。”

我真是傻。透过窗户，看着侍者端上两份菲力牛排，我知道，自己只是单纯的饥饿。

“你今天说我们很幸运，我们当然幸运啦。我们还真是得了好主意呢。”

她笑了起来。

“我不是说我们赛马走运。你真是个死脑筋的小伙子。我说的是别的事。”

“我觉得钦克不喜欢赛马。”我这么一说，更显得蠢了。

“不。他更在意自己是不是在骑马。”

“你不想再去看赛马了吗？”

“当然想去。我们现在又能想去哪里就去哪里啦。”

“但是，你真想去看赛马？”

“当然了，你也想看赛马，不是么？”

我们进门，在米肖饭店好好地吃了顿。吃饱之后赶公车回家，肚子的饥饿感荡然无存，但我们在桥上的感觉却依然留着。到我们回到房间，上了床，在黑暗中做爱，这感觉依然存在。当我醒来，看到窗户敞开，月光落在高高的屋顶上，这感觉依然存在。我将脸从月光转向暗影中，我依然睡不着，躺着思索。当晚我们都醒过来两次。此时月光落在我妻子脸上，她睡得香甜。我尝试着琢磨出点什么，但我太蠢了。头天早上我醒转时，看到虚假的春天到来，听到牧羊人在风笛声中赶羊，出去买赛马报时，还觉得生活如此简单呢。

然而，巴黎是一个古老的城市，我们那时都年轻，什么事都不简单，甚至连我们遭遇的贫困、突如其来的横财、头顶的月光、事情的对错，甚至我身边在月光下沉睡之人的呼吸，都不那么简单。

一项嗜好告终

那年和之后的几年，早起写作之后，我们又同去了许多次赛马场。哈德莉热衷于此，有时甚至于热爱。但这毕竟不是在森林以上的高山草地攀爬，也不是乘夜步行回到小木屋，更不是与我们最好的朋友钦克一起翻过高山碍口跨入别个国家。这也不是真正的赛马，这只是赌马。但我们还是管这叫赛马。

赛马从未给我们带来隔阂：人才能造成隔阂。但赛马就像个难以打发的朋友般赖在我们之间，为时甚久。这么说已经很礼貌了。我，一个秉性刚直、提防被什么勾引堕落的人，竟容忍了赌马这么个最虚伪、最漂亮、最激动人心的邪恶朋友，就因为可以赚钱。想靠赌马赚钱，你得全职投身于此，然而我没有时间。但我自欺欺人，说自己在写赛马呢，其实到最后，所有作品都丢了。描写赛马的小说，也只剩下刚好邮寄出的一篇。

那时我看赛马次数多了，对赛马也沉溺渐深。在赛马季，但凡有机会，我就在奥特伊和昂甘两头下注。若想巧妙地斟酌得失，真得全职投身于此，我这种赌法也赚不到钱。理论上便是如此。所以买一份报纸看，也就可以了。

在奥特伊，你得在看台顶端才看得到一场越栏赛，还得爬快一点，才能看清每匹马的动作和输赢，看清那些马为何没尽己所能。你下注的每匹马要起跑时，就得关注赌价和赔率的起伏，得知道那匹马跑得如何，了解驯马师何时试赛。试赛时可能它会屡次败北，但如此你便会知道它获胜的几率了。

这么做的确累人，但能每天亲临奥特伊赛马场，看骏马展开公正的比赛，感觉真是美好。你会渐次对跑马场有所了解，甚至熟悉过你认识的其他地方。最后你还能了解许多：骑师、驯马师、马主、马匹以及它们的各色事务。

原则上我只在有合适的马时下注，但我有时会发现一匹除了训练师外无人关注的冷门马，我下注，赢钱。我最后还是终止了赌马，因为这太耗时间。我太沉溺其中，我对昂甘和无障碍赛马场的事情了解太多了。

我终止赌马时挺高兴，但也颇觉空虚。那时我明白了，一项爱好无论好坏，一旦停止便会令人空虚。但若这是个坏嗜好，空虚会自己弥合；若是有益的爱好，你只能另找一项更吸引你的活动来弥补了。我将赛马基金放归其他款项中，如释重负，身心愉快。

放弃赛马那天，我去到河那边意大利人大道与意大利人街拐角处的保证金信用所，在旅行柜台上，遇见了我的朋友迈克·沃德。我正将赛马基金存起来，无人知晓，存折也没写，只我自己知道。

“去吃午饭吗？”我问迈克。

“好啊小伙子。我可以去。怎么啦？你不去赛马场吗？”

“不去。”

我们在卢浮瓦广场一家不错的小酒店里吃了顿好午饭，喝了上好白葡萄酒。广场对面就是国家图书馆。

“你可不常去赛马场，迈克。”我说。

“不去，好久不去了。”

“你怎么就停了呢？”

“我不知道，”迈克说，“不，我当然知道。凡事非得自己下注才有趣，都不值得去看。”

“你一次也不去了？”

“有时去看场重要比赛吧，有好马参加的那种。”

我们把鹅肝酱抹在酒店自制的面包上吃，喝白葡萄酒。

“你先前关注了许多场赛马吧，迈克？”

“可不是。”

“有比赛马好看的吗？”

“自行车赛。”

“真的？”

“自行车赛，你不用下注赌博。你看就行了。”

“赛马挺费时间的。”

“太费时间了，榨干你所有的时间。我不喜欢那批人。”

“我之前还挺感兴趣的。”

“自然啦。你现在抽身停手了？”

“对。”

“停得好！”迈克说。

“我戒了。”

“戒赌马还挺难的。听着小子，我们下回哪天去看自行车赛吧。”

自行车赛是个有趣的新鲜事，我所知甚少。但我们没马上去看赛车，那是后来的事了。我们的巴黎生涯第一阶段过去后，看自行车赛成了我们生活中的重要部分。

然而很长一段时间里，我要做的只是回到我们在巴黎的小天地里，躲开赛马场，将精力投在生活与工作上，投在你认识的画家们身上，而不要去赌博，或干其他赌博性质的勾当。我试写了许多有关自行车赛的小说，但从未写完过哪篇足以再现室内赛、室外赛与越野赛如何激动人心。不过，我将来会写到冬季赛车场午后雾蒙蒙的光影，写到倾斜的木制赛道和车轮驶过其上时压出的嘎嘎声，写到选手们上蹬下冲的技巧与努力，写到他们仿佛与赛车融为一体。我会写到八百至三千米赛车的魔力，写到摩托车的轰鸣，写出驾着拖斗跟随在车队后的教练们，头戴厚防护罩，身披笨重的皮夹克，身体后仰，为身后的自行车挡住迎面的气流；自行车选手们则头戴轻型防护罩，俯在车把上，双腿蹬踏扣链齿轮，小前轮几乎要擦到为他们挡住气流的摩托车拖斗；我要写到最激动人心的对决，摩托车的噗噗声，骑手们肘对肘轮对轮，全速上下，环绕奔驰，直到有人无法保持速度，掉队，被气流墙迎面撞到。

自行车赛的种类如此之多。直线短程赛分预赛与决赛。决赛中，两名选手往往在车上平衡数秒，以争取让对方率先出发，然后绕慢圈跟随，直到最后冲刺时竭力尽速。其他项目里包括两小时行程的团体赛，下午则被各项短程预赛填满，还有那极其孤独的单人一小时计时赛，以及危险至极却又好看的一百公里赛。这种比赛常在蒙鲁日大型露天“水牛”体育场举行，自行车紧随大型摩托车，在木制五百米碗形倾斜赛道上飞驰。比赛中，伟大的比利时冠军选手林纳特——侧面看去像是个苏族印第安人，因此得了绰号叫“苏族人”——接近终点，疯狂加速时，便低头从赛车服的一根吸管里，吸一口热水瓶保温的白兰地。我还要写法国锦标赛，自行车紧随摩托车，在奥特伊王子公园里660米长的水泥赛道上飞奔，那是最要命的一条赛道：我们目睹了名选手加纳在那里倒地，他的头骨在防护罩里碎裂之声，仿佛野餐时在石头上敲碎一只煮鸡蛋。我一定要描写六天赛车的神奇景象，在山区公路赛车的华丽场面。直到今日，法语依然是自行车比赛的官方语言，通用的术语也都是法语词汇，因此我们写来很是艰难。迈克说得对，没必要下注。不过，看赛车是巴黎生活里另一段日子的事了。

饥饿是有益的锻炼

在巴黎，你若吃不够便会极饿：糕饼店橱窗里琳琅满目，人行道上食客都露天吃喝，你鼻嗅目睹避不开食物。你放弃了记者的工作，又不写美国人肯买的文章，只好跟家里解释说你在外头跟人吃午饭，最好的去处也就是卢森堡公园：从天文台广场一路到沃日拉尔街，一路上闻不到也看不见食物。你总可以去卢森堡博物馆，你空着肚子、饥肠辘辘时，那里的画看去更明晰清爽。我在饿肚子时，更能领会塞尚了，更懂得他如何描绘风景了。我先前还好奇，他画画时是不是也饿着肚子，不过想来大概他痴迷于画画，忘了吃饭吧。人在失眠或饥饿时，常有类似想入非非，却也发人深思。后来我想，大概塞尚感受到的是另一种饥饿吧。

你从卢森堡出来后，可以向下走到窄窄的费露街，到圣休皮斯广场，那里依然没饭店，只有静静的广场、长椅与树木。有一处带狮子像的喷泉，鸽子在人行道上踱步，有几只停在主教们的雕塑上。有一座教堂，广场北边有卖宗教用品与法衣的店铺。

自此广场向河边去，你无法避开卖蔬果、酒、糕饼与点心的店铺了。但若小心择路，还是可以绕过灰白石筑的教堂，一路少经过几个食品店。到奥戴翁路，一转向右，便是西尔维娅·比奇的书店了。奥戴翁路没什么吃喝之处，得走到广场上才有三家。

走到奥戴翁路 12 号时，饥饿已经抑住，全副感官却灵敏起来。墙上的照片看去不一样了，书也仿佛变陌生了。

“你太瘦了，海明威，”西尔维娅会说，“你吃得够吗？”

“当然。”

“你午饭吃什么？”

我的胃都要翻过来了，但我还是说，“我现在回家吃午饭。”

“下午三点吃午饭？”

“我都不知道这么晚啦。”

“阿德里安娜哪天告诉我，她想请你和哈德莉去吃饭。我们还想请法尔格。你喜欢法尔格吧？或者拉尔博，你还挺喜欢他的。我知道你喜欢他。或者请个其他你真喜欢的。你跟哈德莉说这事?”

“我估计她会乐意来。”

“我再给她写一封快信。你吃得不好，工作就别那么拼命。”

“我不会了。”

“现在回家去吧，不然就错过午饭了。”

“他们会帮我留一顿的。”

“别吃冷食。吃点上好的热食。”

“我有邮件吗?”

“我想没有，不过我再看看。”

她查看一下，找到了一张便条，笑着抬头看看，打开她写字台上一个小橱门。

“这是我出门时来的，”她说，那是一封信，摸起来似乎里头有钱。“韦德考普。”西尔维娅说。

“那一定是《纵观》杂志来的。你见了韦德考普了吗?”

“没有。不过他和乔治来过这里。他会找你的。别着急。也许他想把钱预付给你。”

“这里有六百法郎。他信里说之后还有。”

“你之前提醒我看看邮件，才找到这笔稿费的，我真是太开心了。天哪，我太开心了。”

“我的作品只在德国有人买，太他妈好笑了。我只能卖给韦德考普和《法兰克福报》。”

“是吗？不过你千万别着急。你可以卖短篇小说给福特呀。”她揶揄道。

“一页只挣三十法郎。如果每个季度在《大西洋评论》上发表一个短篇，五页长的短篇能卖150法郎，一年600法郎。”

“可是，海明威，别忧心小说现在可以挣多少钱。关键是，你能够写出来呀。”

“我知道。我能写出来。但没人会买的。自从我不干记者之后，根本没有进账。”

“会卖出去的。看，你这不是挣了一笔钱了吗？”

“抱歉，西尔维娅。原谅我说这些。”

“原谅你什么呀？我们总是谈这些，什么都谈。你不知道作家们永远在诉苦吗？不过答应我，别再担心了，还有，你得吃饱。”

“我答应你。”

“现在回家去，吃午饭吧。”

出到奥戴翁路上，我为自己的抱怨诉苦感到自惭形秽。我所做的都出于自我意愿，却又做得如此笨拙。我该买一大块面包来吃了，好过省一顿饭。我都能想象到褐色面包壳的诱人芳香，不过不就着点什么喝，空口吃面包，嘴便太干了。你这个混蛋的牢骚鬼！你这个龌龊的假圣徒殉道者！我骂自己。你自愿放弃当记者的。你信用清白，只要张嘴，西尔维娅还是会借给你钱。她已经借过许多次了。当然。之后你就该牺牲点别的什么。饥饿是健康的，你饿肚子时，画儿看起来都更美。吃东西也不错，你现在知道你该去哪儿吃了吗？

你该上利普餐馆！

我快步走去利普餐馆。每路过一处吃东西的地方，我的胃都随眼鼻而动，令我越走越高兴。餐馆里人挺少，我坐在靠墙凳上，背后是镜子，眼前是桌子，侍者问我要不要啤酒，我要了一升装的大杯啤酒，以及土豆色拉。

啤酒冰凉，喝来宜人。油酥土豆坚脆入味，橄榄油也喷香。我磨些黑胡椒在土豆上，用面包蘸濡了橄榄油。先来一大口啤酒，然后慢悠悠地吃喝。吃完之后，我又点了份油酥土豆，加了盘熏香肠。这香肠看去像法兰克福香肠对半劈的，覆着特制芥末酱。

我用面包将盘里的油和芥末酱蘸得干净，慢慢喝啤酒，到凉劲过去了，喝干这杯，再要了半杯，看酒倒入杯中，好像比上杯啤酒更凉。我喝了一半。

我不发愁了，我想。我知道自己写的小说挺好，将来美国总有人肯发表的。我不干报纸行当时，就认定自己的小说会被发表。但我寄出去的每一篇都被退回。我之前的自信之源是爱德华·奥布里恩将《我的老头子》收进了《最佳短篇小说选》，还将那年的集子题词献给我。我笑了，又喝了点啤酒。我那篇小说先前从未在杂志上发表过，奥布里恩却打破一切陈规，将它收进集子里。我又笑了，侍者瞥我一眼。好笑之处是，他如此抬举我，最后还是把我的名字拼错了。这是我作品全部遗失后仅剩两篇中的一篇。那次，哈德莉将我的手稿都放进手提箱，想带来洛桑山区给我个惊喜，让我得以在山区度假时写作，她将原稿、打字稿与复印稿全放进马尼拉纸文件夹里塞进箱子，然而手提箱在里昂车站被偷走了。这篇小说得以幸存，仅仅是因为林肯·斯蒂芬将它寄给了某编辑，之后被退稿了：我其他稿子被偷走时，它正在邮寄途中呢。我存下来的另一篇小说就是《在密歇根》，是斯泰因小姐来我家做客前写的，我从来没誊抄，因为斯泰因小姐说这篇不雅，我便放进某个抽屉了。

我们离开洛桑山区，下到意大利时，我将那篇赛马小说给奥布里恩看：他是个温柔羞涩的苍白男人，眼珠浅蓝，自己剪了个平整的发型。那时他寄居在拉帕罗山上的一处修道院。我那会儿正走背运，不觉得自己还能写出什么来，所以我将赛马小说给他看时出于一时兴起，就像你傻乎乎地将一艘莫名其妙沉掉的船上的罗盘箱给人看，或者车祸后被截肢的你拿起假肢穿上靴子来逗乐。但他读了那个小说后，我发现，他远比我难过。除了死亡与无法忍受的痛苦之外，我从没见过什么事让一个人如此难过。唯一的例外是哈德莉告诉我她丢了手提箱和其中的所有稿子时，她哭个不停，都说不清楚话了。我告诉她，再吓人的事也不至于说不出来，什么事都不要紧，别怕，我们会想出办法。她这才告诉了我。我确认她总不会把复印稿也一起带来，于是我雇了个人暂代我干报纸的活。我那会儿做记者还算赚钱，然后坐火车回巴黎。结果她确实把一切都丢了，我记得我回到公寓发现一切时，都做了什么。现在这一切当然过去了，钦克也教导了我，永远不要提已经失去的东西，于是我告诉奥布里恩，不要难过。也许我丢掉了早期作品还是好事，我还对他讲了些用以鼓舞军队士气的话。我说我要重新开始写小说，虽然当时只是说来哄哄他以免他难过，但我内心深知，我会这么做的。

坐在利普餐馆里，我开始想起遗失一切后，能重新开始写小说的时候。那是在科迪纳丹佩佐，我为了到莱茵兰和鲁尔去采访，不得不中断在那里的春季滑雪。我写了个非常简单的故事，《不合时宜》，我最后省略掉了老头儿上吊的结尾。我这点省略出于我的新理论：但凡你心里有数，确认删掉的部分能增强小说的感染力，令余味不尽，那你尽可以删掉小说的任何部分。

好吧，我想，现在我写出了这样的小说，可是人们看不懂，毫无疑问。几乎可以肯定，没人要我写的东西。不过，他们最后总会理解我的作品，就像他们理解绘画似的。只是需要时间和信心。

当你不得不削减食量时，就有必要做更好的自我调整，别老寻思肚子有多饿。饥饿是有益的磨炼，你能从中获益良多。其他人一天不弄明白这点，你就比他们高明。我现在负担不起规律的饮食，那就比他们高明多啦。如果他们缩小点跟我的差距，也不坏嘛。

我知道我必须写一部长篇小说。不过目下看来尚不可能，我仍在努力写些可能构成长篇小说的段落，但难度颇大。现在写长一点的短篇小说是挺必要的，就像练习长距离赛跑。我之前写过个长篇小说，就是在里昂站被偷的手稿之一，那时我还保有少年时期的抒情能力，但少年与青春一样稍纵即逝、虚无缥缈。我知道丢了那篇小说也许反而是好事，但我也知道，我必须写一个长篇小说。我可以按捺着，直到我自己忍不住必须写的时候。如果我为了吃饱饭，别无选择才不得不写一篇小说，那就完蛋了。我要累积压力。与此同时，我得先根据我最熟悉的题材写一个小说。

到这时，我已经结账出门，右转过勒纳路以便躲过双叟咖啡馆，免得进门去喝咖啡，一直走到波拿巴路：那是回家最近的路。

除了那些遗失手稿中写过的东西，我最擅长的题材是什么呢？我最了解最在乎的是什么呢？别无选择，唯一可选择的是走哪条路能尽快回到我的写作之处。我从波拿巴路走到居内迈街，再到阿萨斯路，沿着香圣母院路，来到丁香园。

我在角落坐下，肩负着黄昏灯光，在笔记本上写作。侍者给我端来一杯牛奶咖啡，我写着，等它凉了，喝半杯放回桌上。我写完停笔时，却还不想离开河边：我能看见鳟鱼游于水湾，涟漪轻拍桥下木桩加固的桥墩。我写的是战后返乡的故事，但故事里没有提到战争。

不过到明天早晨，河就会出现在小说里。我要将这条河、乡村与发生的一切都写进小说。以后每天都可以这么写作，来日方长。其他事无关紧要。我口袋里还有德国汇来的钱，没问题。这些钱花完了，还有其他的钱汇来的。

我必须做的，也就是保持沉静清晰的头脑，到明天早上，可以再开始写作。

福特·麦多克斯·福特与魔鬼的门徒

我们住在香圣母院路 113 号锯木场楼上公寓，丁香园是最近的一家上等咖啡馆，巴黎最好的咖啡馆之一。冬天此处室内温暖，春秋两季坐在露天咖啡桌也宜人，咖啡桌放在内伊元帅塑像边的树荫里，也可以坐在林荫大道边宽篷下的方桌旁。店里有两位侍者是我们的好朋友。穹顶咖啡馆与圆亭咖啡馆的富豪们从不来丁香园。他们在这里不认识人，来了也没人盯着他们看。那些年，许多人故意到蒙帕纳斯大道或哈斯帕伊街角的咖啡馆来抛头露面，从某方面说，这些地方是靠被记者逮住写报导而名扬后世的。

丁香园曾是诗人们定期聚会的咖啡馆，最后一批诗人的核心人物是保尔·福尔，我从未读过他的诗。我在丁香园只见过一位诗人：布莱斯·桑德拉尔，一张被打坏的拳击手式脸孔，一只空荡荡的袖子用别针固定，用一只好手卷烟卷。他只要不喝多，就挺好相处，那会儿他哪怕撒谎，都比其他认真讲故事的人要有趣。但他是那些日子里仅有的一个来丁香园的诗人，我也只在那里见过他一次。大多数的客人都是蓄须的老人，衣冠楚楚，携来的不是妻子便是情妇，翻领上或挂或不挂细长的红色荣誉绶带。我们想他们多半都是科学家或学者，但他们买一瓶开胃酒就坐着不走，泡在咖啡馆里的时间，不下那些身着旧衣、叫杯奶油咖啡占座不走的人。后者们也带着妻子或情妇，佩着学院的紫绶带，但与法兰西学院毫不相干。我们猜后者多半是教授或讲师。

有这些人在，咖啡馆便让人舒服了：他们喜欢彼此聊天，也爱喝酒、茶与咖啡，爱看报架上的报纸杂志。没人刻意自炫身份。

也有其他住在这一区的，来到丁香园咖啡，有几个在翻领上别着一战十字勋章，另有人挂着黄绿二色军功章。我打量他们，观察他们克服伤残造成的不便，观察人造眼球的好坏，观察整容修复的结果，如果医术高明的话，看起来像一条打理紧实的滑雪道。我们敬重他们，胜过敬重那些学者与教授：学者与教授也可能在军队服过役，但他们没经历过截肢。

那些日子里，我们不信赖没参加过一战的人，但我们也不完全信赖任何人。我觉得，桑德拉尔对待他那只伤手完全可以低调点。他午后早早来到丁香园，老客人都没来，我觉得这还好些。

那天傍晚，我在丁香园外一张露天桌子，坐看树上房上光影变换，高头大马在林荫道外侧慢慢走过。咖啡馆的门在我背后向右打开了，一个人出来，走到我那桌。

"啊，你在这儿！"他说。

那是福特·麦多克斯·福特，那时他如此自称。他呼吸粗重，唇上是花白的大胡子，像个衣冠楚楚、头下脚上的移动大桶。

"我可以跟你坐吗？"他问过，坐下。他苍白的眼睑和淡眉毛下的眼珠呈淡蓝色，看着外面的林荫大道。

"我这辈子花了好些年，好用仁慈些的法子杀掉那些畜生。"

"你告诉过我。"我说。

"我没有吧。"

"我很确定。"

"真奇怪。我这辈子从没跟谁说过这事。"

"你要喝一杯吗？"

侍者站在那里，福特跟他说自己要一瓶黑醋栗酒。那侍者身材高瘦，头顶秃了，发绺光滑，唇上留着老式龙骑兵胡须，重复了一遍："黑醋栗酒。"

"不。要一份掺水白兰地。"福特说。

"先生要一份掺水白兰地。"侍者确认道。

我跟福特在一起时，总竭力避免直视他；我跟他同处一个封闭空间时，每次靠近都屏息。不过此时在露天，人行道旁的落叶又被风从我这侧吹向他那边，于是我好好端详他，转念一想，又望向林荫大道。光影变化，我错过了。我喝了一口酒，看福特是不是害得酒都变味了，但酒还是很香。

"你很阴郁。"他说。

"没有。"

"你就是很阴郁。你需要多出门。我顺便过来，是为了请你去参加我们的一个小晚会，在勒姆瓦纳主教街那个怪有趣的风笛舞厅。"

"你最近这次到巴黎来之前，我在那个舞厅楼上住过两年了。"

"真奇怪。你确定?"

"我确定。"我说，"舞厅主人有辆出租车。有时我得赶飞机，他就送我去机场。去机场前，我们总在舞厅的镀锌餐柜停一下，乘黑喝一杯白葡萄酒再走。"

“我从来不喜欢飞行，”福特说，“你和你老婆说好，星期六晚上来风笛舞厅吧。会很热闹的。我给你画张地图好让你找得到地方。我还是碰巧才找到的。”

“那地方就在勒姆瓦纳主教街74号楼下。”我说，“我在三楼住过。”

“那里没门牌号，”福特说，“但你能找到康特雷斯卡普广场，就能找到那儿。”

我又喝了一大口酒。侍者端来了福特要的白兰地，福特纠正他，“我没要白兰地和苏打水。”他语气严厉，“我点了黑醋栗酒。”

“没关系，让。”我说，“我喝白兰地吧。给这位先生端他现在点的东西。”

“是我之前点的！”福特纠正道。

正在这会儿，一个披斗篷的瘦男人走过人行道，身边陪着个高挑女子，他朝我们桌看了眼，又移开目光，继续在大道上走着。

“你看见我驳他面子了吗？”福特说，“你看见我驳他面子了吗？”

“没看见。你驳谁的面子了？”

“贝洛克！”福特说，“我没理他！”

“我没看见。”我说，“你干吗驳他面子？”

“满世界都是理由！”福特说，“瞧我让他多下不来台！”

福特得意洋洋。我之前没见过贝洛克，我也没觉得他看见我们了。他看去像在沉思些别的，只近乎机械地扫了我们桌一眼。我看福特自觉羞辱到贝洛克了，感觉很糟。我，身为一个刚开始写作的年轻人，对老作者很是敬重。这样的态度现在看来不可理解，当时却很普遍。

我想，如果贝洛克在桌前停下，我结识他，感觉还挺好的。这个黄昏被福特搅得一团糟，我想贝洛克好歹可能挽救一下。

“你喝白兰地干吗？”福特问我，“你不知道青年作家不能喝白兰地吗？”

“我不常喝。”我说。我在尝试回忆艾兹拉·庞德跟我说过的福特，他说千万不可对他粗鲁，千万记得他只在疲惫时才说谎，记得他确实是个卓越的作家，只是经历了许多糟糕的家事。我尽力想这些好的方面，但难以做到：福特本人就沉甸甸地戳在面前，粗声大气，让人厌恨，近在咫尺。我还是尽力了。

“告诉我，为什么要驳别人面子呢？”我问。以前我以为只有奥维达的小说里才有故意不理人这种事。奥维达的小说我一本都读不下去，甚至在瑞士的滑雪场，能读的都读完了，潮湿的南风席卷，只剩一战前留下、装订粗糙的奥维达作品，我还是没借来看。我只是能凭第六感确认，在她的小说里，人物会靠彼此无视他人来驳面子。

“一个绅士，”福特解释道，“总是会无视一个粗人。”

我啜了一口白兰地。

“绅士会无视无赖吗？”我问。

“绅士根本不可能认识无赖。”

“那你就只能故意不睬一些你之前平等结识的人啦？”我问。

“那自然！”

“绅士怎么会认识粗人呢？”

“可能是认识时不了解彼此，也可能认识后，那人变成了粗人。”

“粗人究竟是什么样呢？”我问，“是不是那种欠揍的家伙？”

“不一定。”

“艾兹拉是个绅士吗？”我问。

“当然不是。”福特说，“他是个美国人。”

“美国人就当不成绅士？”

“也许约翰·奎恩算吧。”福特解释说，“你们的那个大使。”

“米隆·T. 赫里克呢？”

“可能吧。”

“亨利·詹姆斯算个绅士吗？”

“很接近了。”

“你自己是个绅士吗？”

“自然的！我得过国王陛下的委任令。”

“挺复杂呀。”我说，“我是个绅士吗？”

“绝对不是！”福特说。

“那你干吗跟我喝酒？”

“我跟你喝酒是认定你是个有前途的青年作家。事实上，算个同行。”

“多谢好意。”我说。

“你在意大利的话，可能被会认作一个绅士。”福特摆出慷慨的架势。

“但我不是个粗人？”

“当然不是，好小子。谁这么说过呢？”

“我可能变成个粗人。”我怏怏不乐地说，“我喝白兰地什么的。特罗洛普笔下的哈利·哈斯布勋爵就这么堕落的。你说特罗洛普算个绅士吗？”

“当然不算。”

“你确定？”

“也许别人不认同。我是不会犹豫的。”

“菲尔丁是个绅士吗？他当过法官。”

“技术上说，也许是。”

“马洛？”

“当然不是。”

“约翰·多恩？”

“他是个牧师。”

“真有趣。”我说。

“你对这感兴趣，我还挺高兴。”福特说，“我跟你再喝一杯掺水白兰地再走。”

福特走后，天黑了，我到报摊上买了份《巴黎运动集锦》，这是赛马报下午版最后一版，登着奥特伊赛马的结果和次日在昂甘的赛程。侍者埃米尔接了让的班，到我的桌旁来看奥特伊最后一场赛马的战果。我一个很少来丁香园的朋友过来坐下了，他跟埃米尔点饮料时，那个穿披风陪着高挑女子的瘦男人又从人行道边经过我们。他又扫了我桌子一眼，走了。

“那是希莱尔·贝洛克，”我对我朋友说，“刚才福特在这儿，故意不睬他来羞辱他。”

“别傻了。”我朋友说，“那是阿里斯特尔·克劳利，是个恶魔。他是世界上最邪恶的人。”

“抱歉。”我说。

一个新流派的诞生

几本蓝封面笔记本，两支铅笔，卷笔刀（用小刀削太浪费了），一张大理石桌子，清晨的空气，扫地擦地，还有运气——这就是你所需的全部。为了走运，你在右边衣袋里放一根七叶树枝和一条兔子腿。兔子腿上的毛已被磨掉，骨头与跟腱都磨光了。兔爪钩住你的衣袋衬里，你就知道你的运气还在。

有些日子过得太顺利，你写活了笔下的乡村，简直可以步行其中，穿过丛林，经过开阔地，上高坡，眺望湖湾后的山峰。铅笔尖可能忽然在卷笔刀刀口折断了，你用小刀刀尖或用锋利的刀刃细心削尖了铅笔，然后你仿佛又回到小说里：胳膊套进汗津津的皮背带，背起背包，伸进另一只胳膊，觉得背包的重量压在背上，向湖边走去时，感到软底鞋下的松针。

然后你会听见谁说了声：“嗨，海姆，你在这里做什么呢？在咖啡馆写东西？”

你的好运用光了，你合上笔记本。这种事最糟了。如果你控制住脾气，还会好些；但我可不擅长这个，于是我说：“你个婊子养的，不去干你那些破事，跑来这里干吗？”

“别为了显得乖张就大放厥词。”

“带着你的臭嘴滚！”

“这是公共咖啡馆。我和你一样有权待在这里。”

“你干吗不直接去小茅屋咖啡馆？你属于那儿。”

“哎天哪，你别这么烦人。”

这时你可以起身出门，希望这只是偶然被撞上，来客只是偶然闯入，以后不会遇到类似事了。还有其他的咖啡馆可供你写作，但要走好长一段路，这地方可是我的主场咖啡馆。被逼出丁香园可真是糟糕。我得站起来或者走人。也许走人更明智一点，但怒火开始升起了，于是我说：“听着，你这样的狗崽子有的是地方可去。你为什么非得来这儿，熏臭一家好好的咖啡馆呢？”

“我就进来喝一杯。那有什么问题吗？”

“家里有人给你倒酒喝，你还能把杯子摔了呢。”

“家在哪里呀？听起来是个蛮舒服的地方。”

他坐在隔壁桌，是个高大肥胖戴眼镜的年轻人。他要了杯啤酒。我想我可以忽略他，看是否可以继续写。于是我无视他，又写了两句。

“我除了跟你说话啥也没做嘛。”

我又继续写了一句。写顺手后，全神贯注，自然行云流水。

“我看你觉得自己有能耐了，没人配跟你说话啦。”

我又写了一句，结束了一段话，又读了一遍。写得还好，我写了下一段的第一句话。

“你从来不考虑其他人，不考虑他们也会遇到问题。”

我一辈子都听到各色抱怨。我发现我可以继续写作，反正这抱怨声也不比其他噪音糟糕，肯定要好过艾兹拉学吹巴松管。

“假设你想当个作家，全身心都是写作欲，就是写不出来，怎么办?”

我继续写，我的好运开始来了，虽则旁边的人还在念叨。

“假设有朝一日，灵感泉涌如洪流，不可抗拒，然后又悄然离去，怎么办呢?”

那也总好过絮絮不休，我想着，继续写作。他这会儿用足全力哀嚎，听来仿佛锯木场里锯开木板的声音；我笔下的妙句却层出不穷。

“我们去希腊了。”我听到他说，我这时已经将他的言辞当作噪音，好一会儿不听了。我这时已经写得超额，可以停下来，等明天再开工了。

“你的意思是你们睡了，还是真去了希腊？”

“别那么粗俗。”他说，“你不想听我说完剩下的吗？”

“不想。”我说着，合上了笔记本，放进我口袋里。

“你就不在乎后来怎么样啦？”

“不想。”

“你就不关心生活，不关心另一个同胞所受的苦难？”

“是你的话，不关心。”

“你真粗蛮。”

“对。”

“我以为你能帮我呢，海姆。”

“我乐意给你一枪。”

“你真会这样？”

“不。法律禁止我这么做。”

“我可愿意为你做任何事。”

“你愿意？”

“我当然愿意。”

“那他妈的别再来这个咖啡馆，就从这点开始吧。”

我站起身，侍者过来，我结了账。

“我可以跟你一起走到锯木厂吗，海姆？”

“不行。”

“好吧，我们下次见。”

“别在这里见。”

“那没问题。”他说，“我答应你。”

“你现在写什么呢？”我这时犯了个错误，问起来了。

“我在尽我所能写最好的东西，就像你那样写。但这实在太难了。”

“你如果不能写，就不要写。你哭天抹泪有什么用呢？回家去，找份工作，上吊也行，就是别提写作了。你永远写不成的。”

“为什么你这么说？”

“你听过你自己说话吗？”

“我在说写作啊！”

“那就闭嘴！”

“你就是残忍！”他说，“每个人都说你残忍，毫无心肝又高傲，我还一直为你辩护。我以后不会了。”

“好啊。”

“你怎么能对一个同胞这么残忍？”

“不知道。”我说，“看，如果你不能写作，何不学着写写评论呢？”

“你觉得我应该吗？”

“应该不坏，”我告诉他，“然后你就总能写了。你永远都不用担心灵感来不来啦，悄然溜走啦什么的。会有人读你写的东西，抱以敬意呢。”

“你认为我可以当个好评论家吗？”

“我不知道多好，但你可以当个评论家。总有人会帮你，你也可以帮你的自己人。”

“你什么意思，我的自己人？”

“就是跟你混的那些人。”

“哦，他们呀，他们有自己的评论家。”

“你不用只评论书啊，”我说，“有绘画，有戏剧，有芭蕾，有电影……”

“你说得挺动人啊，海姆。真谢谢你。太让人振奋了。这也很有创造性啊！”

“创造是有些被高估了。毕竟，上帝只用六天就创造了世界，第七天休息呢。”

“当然，没什么可以阻止我进行创作！”

“绝对阻挡不了。除非你给自己的评论定个高到不可思议的标准。”

“我一定高标准。你可以放心。”

“我确定。”

他俨然已经是个评论家了，所以我问他要不要来杯酒，他接受了。

“海姆，”他说。我知道他现在是个评论家了，因为评论家在对话中时，更爱将你的名字放在句子的开始，而非结束，“我得告诉你，我发现你稍有一点过于直率。”

“太糟啦！”我说。

“海姆，确实太赤裸裸，太简略了。”

“倒霉！”

“海姆，太硬，太赤裸裸，太瘠薄，太刚劲了。”

我满怀愧疚地摸摸我口袋里的兔子脚，“我下次试着写得丰满点儿。”

“注意，我不希望写得太膏腴。”

“哈尔，”我说，学着评论家说话，“我会尽量规避的！”

“真高兴我们可以志同道合！”他说得派头十足。

“你可记得别在工作时间来这里找我！”

“自然，海姆。当然。我会有自己常驻的咖啡馆。”

“你真好！”

“我会尽力的！”他说。

如果最后这年轻人成了一个著名评论家，这故事就有趣又发人深省了。只是最后并非如此，虽然我还有一阵子满怀希望呢。

我估计他第二天不会再来这里，但我不想冒险，便决定休息一天，不去丁香园了。第二天早晨，我早起，煮了橡皮奶嘴、奶瓶，配奶、装瓶，给了我儿子邦比先生一瓶，然后在餐厅的桌上写作。那时所有人都在熟睡，除了我家的猫 F. 普斯跟我醒着。我们俩是安静的好伙伴，我的工作状态好得前所未有。那种日子里，你真的什么都不需要，甚至都不需要兔子脚，当然，感觉到兔子脚在你口袋里，还是挺好的。

****

我觉得他不会回来了。他本来并不爱来丁香园，这天他只是经过，看到我在写作，于是进门来念叨。或者也许他进门来打电话。我当时在写作，所以没注意。可怜的混蛋，我想，但如果我对他文明点、诚恳点，结果可能更糟。我也许或早或晚总得打击他一下，但我会尽量挑个别的地方。我在自己的主场咖啡馆打击了他，然后其他人涌来这里看热闹，我可就倒霉了。或早或晚我总得给他一下子，但我该小心点，别打坏他的下巴。我得他妈的小心，小心别把他的头砸上路面。我每天就琢磨这个？我想，别撞着那混蛋。别想着给他泼冷水。你写作终日，他也伤不到你分毫。如果你遇到他，他挤过来折腾你，你就让他滚蛋。如果这么干了，他自然觉得你是个坏家伙，但你还能怎么样呢?

别人在咖啡馆干扰了你的写作，这是你自己的错：你就该找个熟人不会去的咖啡馆写东西。但丁香园这地方实在太适合写作，值得冒点被打扰的风险。你好歹是写作了，而非被污染了，完事后该觉得满足了才是。对。你应该尽量别那么残忍无情。对。但最关键的是，你第二天还能好好写作。

第二天早晨，我早起，煮了橡皮奶嘴、奶瓶，配奶、装瓶，给了我儿子邦比先生一瓶，然后在餐厅的桌上写作。那时所有人都在熟睡，除了我家的猫F. 普斯跟我醒着。我们俩是安静的好伙伴，我的工作状态好得前所未有。那种日子里，你真的什么都不需要，甚至都不需要兔子脚，当然，感觉到兔子脚在你口袋里，还是挺好的。

与帕辛在穹顶咖啡馆

一个美好的傍晚，我写作了一整天后，从锯木厂上的公寓下来，穿过木材堆，出了院子，关了门，过了街，走进面包店后门，在烤炉里新烤面包的香味中穿过店堂，出得前门，踏上蒙帕纳斯大道。面包店已经上灯，外面已是白昼尽时，我在朦胧夜色中沿街而行，到图卢兹黑人饭店门前停步：餐巾架上木制的餐巾圈里挂着一条条红白方格餐巾，等着我们进去用餐。我读了紫色墨印的菜单，看到当日例菜是法式炖菜。我读到菜名便觉得饿了。

饭店老板拉维涅先生问我写得如何，我答说很是顺利。他说他先前看见我一早便在丁香园咖啡馆的门廊上写作，他没来跟我说话，因为我写得正忙。

“你有种丛林中孤独男子的气质。”他说。

“我工作时像头瞎了眼的猪。”

“但是先生，你不是在丛林里么？”

“在灌木丛里。”我说。

我沿街前行，看看橱窗，看春夜里人们经过，心情愉快。经过三家大咖啡馆时，我看见有几个人看着面熟，有几个人说过话。然而，街上总有些我不认识、看去漂亮得多的人们，在华灯初上的夜晚，急匆匆赶去相聚吃喝，然后做爱。大咖啡馆里那些人也许做着同样的事，或者他们就是坐着喝咖啡聊天，乐意让别人看见。我没遇到我喜欢的那些人，他们爱去大咖啡馆，好消失在人群里，不引起注意，得以在人群中自得其乐。那时代的大咖啡馆也较便宜，都供应上好啤酒，开胃饮料价格也合理，标在端来的碟子上。

在这样的夜晚，我想着这些正经但不算新异的念头，感到自己大获全胜：我克制了去赌马的强烈欲望，努力写作了一天，挺顺利。这段时间我没钱去赌马，即便花点力气挣来钱也不行。当时还没到用化验唾液来检查马是否服了兴奋剂的时代，因此兴奋剂的使用非常普遍。然而，花时间去琢磨服用兴奋剂的马匹利弊如何，到赛马场搜寻赛马服用兴奋剂的蛛丝马迹，靠直觉甚至幻觉来筹谋对策，最后用那点你输不起的钱孤注一掷？这可不是一个年轻人，一个养活妻儿，还要花全部时间学习写作的年轻人该做的事。

无论用何种标准看，我们都还很穷，我还是得省这些小钱，比如哄家里说有人请我吃午饭，然后到卢森堡公园去晃荡两小时，回去对妻子描述午饭吃得多么丰盛。当你25岁，且又天生着一副重量级选手的身材，少吃一顿饭都让你饿得很。但饥饿也能磨砺你的感官。我发现我笔下许多人物都是胃口好、讲究吃、渴望吃的人物，他们大多数还渴望着喝一杯呢。

在图卢兹黑人饭店，我们喝上好的卡奥葡萄酒时，一般都买一瓶、半瓶或四分之一瓶，掺上三分之一的水。在锯木厂楼上的家中，我们藏了一瓶科西嘉葡萄酒，牌子响亮，价格低廉。这是一瓶很有科西嘉风味的酒，你掺上一半的水，依然能领略到浓郁的风味。在那时的巴黎，你餐风饮露都能活下去；如果时不时略过顿午饭，从来不买新衣服，你还能省出点钱来奢侈一把呢。

我从菁英咖啡馆往回走，刚看见哈罗德·斯特恩在那里，我赶紧绕行：我知道他准要大谈赛马，我却正以轻松鄙夷的态度，将赛马当作我发誓要抛弃的畜牲。我自觉洋溢着美德，避开圆亭咖啡馆里各色人等，暗自哂笑他们的习气和聚会本能，穿过大街，到了穹顶咖啡馆。这里也拥挤，但这里有些正经工作过的人们。

穹顶咖啡馆有工作了一天的模特，有工作到白昼流尽的画家，有耗费气力刚结束一天工作的作家，有酒鬼，有名人，有些我认识，有些不过是绣花枕头。

我过到帕辛桌边坐下，跟他一起的还有一对模特姐妹。刚才我在德朗布尔路那边的人行道上站着，考虑是否进来待会儿喝杯酒时，帕辛就挥手招呼让我进来。帕辛是个极好的画家，这会儿他已经醉了，但他醉得沉稳有分寸，并未失去理智。那两个模特年轻美丽，一个肌肤黝黑，娇小窈窕，带点半遮半掩的放浪，另一个看着像个孩子，有点呆板，却有一种转瞬即逝的女孩子气的美丽。她没有她姐姐身材好，但那个春天，我没看见过谁有她姐姐身材好。

“这对姐妹，一个好，一个坏。”帕辛说，“我有钱。你要喝什么？”

“半瓶金啤酒。”我用法语对侍者说。

“喝杯威士忌吧。我有钱。”

“我喜欢啤酒。”

“如果你真喜欢啤酒，你应该在利普餐馆。我看你刚工作完吧。”

“对。”

“写得顺利？”

“希望是吧。”

“好。我高兴。这些尝着都行？”

“行。”

“你几岁啦?”

“25。”

“你想泡她吗?”他看向那个黑皮肤姐姐，笑了，“她很需要哟。”

“你今天泡她也泡够了吧。”

她朝我咧唇微笑，“他很坏，”她说，“但他人很好。”

“你可以带她去我的画室。”

“别惹人厌。”金发的妹妹说。

“谁跟你说话了?”帕辛问她。

“没人。但我说话了。”

“我们来舒服舒服。”帕辛说，“严肃认真的青年作家和友好明智的老画家，一对风华正茂的漂亮姑娘。”

我们坐着，少女们啜饮着饮料，帕辛又喝了一大杯掺水白兰地，我喝了啤酒。但除了帕辛，没人觉得舒服自在。黑皮肤姑娘根本静不下来，搔首弄姿：转脸让灯光落在她丰满的脸颊上，故意让我看她黑毛衣下高耸的胸脯。她的头发剪短了，乌黑油亮，像个东方姑娘。

“你摆了一天造型啦。”帕辛对她说，“你在咖啡馆里也要秀这件毛衣吗?”

“我高兴!”她说。

“你看着像个‘爪哇玩具’。”他说。

“眼睛可不像，”她说，“我的眼睛复杂多了。”

“你看着像个坏洋娃娃。”

“也许，”她说，“但是活的洋娃娃。这就比你强。”

“我们会知道的。”

“好。”她说，“我喜欢实打实的证据。”

“你今天没看见？”

“哦，那个呀！”她说着，转过脸去，将黄昏最后一道光线截在她脸上，“你那时只是为了你的作品兴奋。他在跟油画布谈恋爱呢。”她对我说，“总有些不干不净的玩意儿。”

“你要我画你，给你钱，泡你，来让我头脑清醒，然后也跟你谈恋爱。”帕辛说，“你这个可怜的小洋娃娃。”

“你喜欢我，不是么，先生？”她问我。

“很喜欢。”

“但你太粗壮了。”她悲哀地说。

“在床上都一样。”

“不对。”她妹妹说，“而且我厌倦这些对话了。”

“看！”帕辛说，“如果你觉得我在跟画布谈恋爱，我明天就用水彩画你。”

“我们什么时候吃饭？”她妹妹问，“还有，在哪里吃呢？”

“你跟我们一起吃饭吗?”黑姑娘问。

“不，我回去和我妻子一起吃。”这是那时的时髦词，现在都说“我老婆”。

“非回去不可?”

“非回去不可，我也想回去。”

“那就去!”帕辛说，“还有，别爱上打字机纸!”

“如果我爱上了打字机纸，我就用铅笔写稿。”

“明天用水彩画!”他说，“好啦，我的孩子们，我要再喝一杯，然后我们去随便你们喜欢的地方吃饭!”

“维京饭店。”黑皮肤姑娘说。

“我也想去。”她妹妹怂恿道。

“好啦!”帕辛同意了，“晚安，年轻人，睡安稳!”

“你也是。”

“她俩会让我醒着的。”他说，“我永远不会睡!”

“今晚睡一觉吧。”

“去维京饭店吃完睡?”他的帽子滑到脑后，咧嘴笑了。他看上去不像个可爱的画家，倒像是19世纪末的百老汇演员。之后，当他自缢身死，我还是喜欢回忆起他这一晚在穹顶咖啡馆的模样。人们说，每个人心底都有点种子决定他们要做什么，但对我而言，那些游戏人间之人内心的种子上，有着更得天独厚的土壤。

艾兹拉·庞德与他的文人会

艾兹拉·庞德从来很够朋友，总是与人为善。他与他妻子多罗茜在香圣母院路的居所之穷愁，与格特鲁德·斯泰因的工作室之豪奢，简直相映成趣。那地方采光不错，靠炉子取暖，墙上挂着的画，出自与艾兹拉相熟的日本艺术家手笔。那些艺术家都是日本贵族，长发乌黑闪亮，鞠躬时甩到前面，我对此印象深刻，只是不喜欢他们的画。我看不懂，也不觉得其中有深文奥义；到我看懂时，又觉得毫无意义。我很遗憾，却无能为力。

多罗茜的画我倒喜欢得很，我还觉得多罗茜本人容貌漂亮，身材优美。我也喜欢戈蒂耶—布尔泽斯卡雕塑的艾兹拉头像，也喜欢这位雕塑家作品的照片。艾兹拉拿了那些照片给我看，附在了艾兹拉撰写的一本介绍戈蒂耶的书里。艾兹拉还喜欢皮卡比亚的画，但那时我觉得那玩意一文不值。我也讨厌温德姆·刘易斯的画，艾兹拉却喜欢得很。他喜欢自己朋友们的作品，作为朋友来说这么做很够交情，但以友情来评断作品优劣却不大好了。我们从不就此争执，因为我总对不喜欢的东西缄口不言。我想，如果一个人喜欢他朋友的绘画或文字，就像另一些人喜欢自己的家庭似的：对此置评颇为无礼。有时为了不去指责自家人或妻子婆家人，你得忍耐许久；但对付拙劣的画家就简单多啦：你闭眼不看就是了，反正他们同自家人不同，不会仗着亲属关系就做坏事。对家里人却不同，你即便不看不听不回信，他们还是能在许多方面伤害到你。艾兹拉待别人比我仁厚许多。他自己那些作品，写得到位时，如此完美无缺；他自己犯了错，又如此诚恳，对自己的错误见解又执着，待人又如此亲切，这一切令他在我心中成就了一个圣人形象。他性子焦躁，但许多圣人大概也都如此。

艾兹拉要我教他拳击，那天黄昏我们正在他工作室练习，我初次遇到了温德姆·刘易斯。艾兹拉练拳击不久，若让他在熟人面前吃亏我会觉得不堪，于是我尽力让他出风头。但效果不好，因为他原懂得击剑，我当时正教他将左手也用进拳击中，让他保持左脚在前，右脚跟上，保持平行。这是基本步伐。我一直没教会他左勾拳。教会他缩短右手出拳幅度，也是后来的事了。

温德姆·刘易斯俨然这一带的大人物似的，戴顶黑色宽帽，穿得像歌剧《波西米亚人》里钻出来的人。他的脸让我想起青蛙，不是牛蛙，就一般的青蛙，巴黎这个水塘对他而言太大了。那时节我们相信，任何作家和画家都能穿他们自己的衣服，艺术家没有标准制服。但刘易斯穿了件一战前的艺术家制服。他那样子让人难堪。他摆出傲慢的神情，看我闪过艾兹拉的左手刺拳，或是用右手套隔挡。

我想停下来，但刘易斯坚持要我们继续打。我看得出来，他对境况一无所知，他在等着看，希望艾兹拉会受伤。然而什么都没发生。我并不反击，只让艾兹拉追打我，坚持用左手出拳，追加一些右手拳，然后说我们打够啦，拿罐水来冲洗净，用毛巾擦干，穿上运动衫。

我们喝了点东西，我就听艾兹拉和刘易斯谈论伦敦和纽约的人们。我佯装漫不经心地仔细端详刘易斯，就像拳击时用的技巧。我觉得我再没见过比他难看的人了。有些人的邪恶看脸便能得知，就像名种赛马容易看出好血统。他们讨厌得像硬下疳。刘易斯倒没流露出邪恶，就是难看。

回家路上我尽力寻思，他让我想起了什么呢？我想到了各色词汇，除了泥腿子外，都是医学用词。我试图分析描述他的脸，但我只能记得他的眼睛。黑色帽子下方，我第一眼看到，就觉得像是未遂强奸犯的眼睛。

“我今天见了个最难看的家伙。”我对我妻子说。

“塔蒂，别跟我谈他。”她说，“请别跟我谈论他。我们都要开饭啦。”

大概一周后，我遇到斯泰因小姐，告诉她我之前见了温德姆·刘易斯，问她是否见过他。“我叫他‘测量虫’，”她说，“他从伦敦来，他看见一幅好画，就从口袋里取出支铅笔，你就看着他用大拇指捏着铅笔量画。他一边量一边细看，琢磨这张画是怎么画出来的。然后他回去伦敦，照画一幅，但总是画不对。他总是不得其要领。”

于是我就把他想成“测量虫（尺蠖）”。这比我自己对他的想法要厚道多了。之后我也尝试着喜欢他，跟他交朋友，艾兹拉每次介绍朋友给我时，我都这么做。但我在艾兹拉工作室里初遇他时，他给我留下的就是这印象。

艾兹拉是我所认识最慷慨又最无私的作家。他帮助他所信赖的诗人、画家、雕塑家和作家，他还帮助任何有困难的人，不管那人他是否信得过。他为所有人操心，我刚认识他时，他最操心 T. S. 艾略特。艾兹拉告诉我，艾略特不得不在伦敦一家银行工作，除了公休时间，没有空闲写诗。

于是艾兹拉和一个美国富人兼艺术赞助人娜塔莉·巴尔尼小姐一道，组建了个叫文人会的组织。巴尔尼小姐以前跟大我们一辈的雷米·德·古尔蒙为友。她定期在自家举办文艺沙龙，家中花园里还有座小巧的希腊式神殿。许多美国富婆和法国富婆都有钱办沙龙，但我很早就明白，我对那场合最好敬而远之。但巴尔尼小姐，我相信，是唯一一个花园里有座希腊神殿的。

艾兹拉给我看介绍文人会的册子，还说巴尔尼小姐已答应在册子上写明，那座希腊神殿许他使用。文人会主张：我们每个人都从挣的钱里，不论多少，贡献一部分，来让艾略特脱离银行，有钱写诗。我觉得这是个好主意。我们把艾略特先生弄出银行后，艾兹拉又计划继续做下去，把大家的生活安顿好。

我给他搅了点小局：我老管艾略特叫艾略特少校（Major Eliot），假装把他跟道格拉斯（Major Douglas），即一位艾兹拉挺赞同的经济学家，给弄混了。不过艾兹拉倒理解我的心是好的，我也是为了文人会好。虽然我每次跟朋友募集资金说要把艾略特少校解放出银行时，有人问我一个少校在银行干吗，军方把他裁掉了莫非没有退休金，至少也该有退伍费啊？——这种时候，艾兹拉就会恼了。

这种时候，我就会跟我朋友解释说，你们没把握到关键。要么加入文人会，要么拉倒。加入就捐钱，把少校从银行弄出来；不入，那就太遗憾了。懂不懂那座希腊神殿多重要？不懂？早知道了，太可惜了，哥们。留着你的钱吧，我们不要啦！

作为文人会的成员，我精力十足地奔走于筹款。我那时的最大愿望，是看到少校昂首阔步走出银行，成为一个自由人。我不记得文人会最后如何解体的了，似乎与《荒原》的出版有关。《荒原》为少校赢得了《日晷》杂志的诗歌奖，不久后，一个贵族夫人又为艾略特主编的《基准》杂志撑腰，我和艾兹拉就不必为艾略特担心了。那座希腊小神殿，我估计，依然在巴尔尼小姐的花园里。我总觉得遗憾，没能单靠文人会的捐款就将艾略特拽出银行，我总梦想他也许会住进那个希腊小神殿，我和艾兹拉路过时还能进去，给他献上一顶桂冠。我知道哪里能采到美丽的月桂树叶，我可以骑着我的自行车去采来；任何时候只要他感到孤独，或是艾兹拉又看完一部《荒原》那样的长诗原稿校样时，就能去给他戴上桂冠。与世上其他事一样，文人会的事给我带来的后果并不妙——我将原标明用来将少校弄出银行的善款，都拿去了昂甘赛马场，下注在服了兴奋剂参加障碍赛的马身上。我下注的那几匹马在两场比赛里，都赢了没服兴奋剂或剂量不够的马，只输了一遭：我们的马服药超量，比赛还没开始，它就甩下骑师冲将出去，独自跑了一圈障碍赛程，腾跃动作简直做梦都想不到的优美。等它被抓住了，让骑师跳上马背了，它又重新投入比赛，如法国人所言“光荣地跑完全程”，但没赢钱。

假如这笔钱没拿来赌马，而是捐给了文人会（尽管文人会不存在了），我还会好受些。但我又自我安慰：这笔赌金如果赌赢了，我捐给文人会的钱，可会更多呢！

奇怪的断交

我与格特鲁德·斯泰因断交的方式，实在是够奇怪。我们当时是好朋友，我还帮了几次实实在在的忙，例如将她的长篇小说弄去福特那里连载，用打字机帮她誊抄手稿、为她审读校样，等等。我们交情弥深，好到之前想象不到。男人与卓越的女性交友，往往开始愉快，之后无论亲疏都不合适，于是毫无未来可言；至于跟真正雄心勃勃的女作家交友，那未来就更无从说起。有一次，我借口不知斯泰因小姐是否在家，所以没去弗勒吕斯路 27 号，斯泰因小姐道："但是，海明威，你在这里可以随意出入，你不知道么？我是真心实意的。随时过来，那个女仆，"——她说了女仆的名字，但我忘了——"会招待你，你就当在自己家那样，等我回来呗！"

我没滥用这个特权，但有时我会经停，女仆会招待我喝一杯，我会看看画，如果斯泰因小姐不出现，我就谢谢女仆，留个便条，走了。某天斯泰因小姐要与一个朋友驾车南游，于是让我上午到她家去告别。她原是让我们夫妻一起去的，那时我与哈德莉住在一家旅馆，但我们另有计划，想去别处。这话自然不好说，但你还可以表示自己希望能去，到时再说实在没办法。我懂点窍门，知道如何避免应约去拜访别家：学这个也是被逼无奈。很久之后，毕加索告诉我，他被富人们邀请时，总答应富人们上门去，好让他们开心；然后自然会出些事，他就理所当然不能到场啦。但他没对斯泰因小姐用这招：他说的是针对其他人。

那是个明媚春日，我从天文台广场走来，穿过小小的卢森堡公园。七叶树花朵盛开，孩子在鹅卵石小径上玩耍，保姆们坐在长凳上看。我看见了树上的鹁鸪，还听见了其他的鸟鸣——虽然我没看见。

我还没按门铃，女仆就为我开了门，请我进去等候。斯泰因小姐随时会下来。此时是上午，但女仆却给我倒了杯白兰地，将杯子放在我手里后，欢快地使个眼色。无色的酒精在舌上尝来味道奇妙，酒还没咽下，我听见有人在跟斯泰因小姐说话：我从未听过一个人用如此口气对另一个人说话，绝对没有，哪里都没有。

接着便是斯泰因小姐的声音，她在恳求：“别，姑娘，别这样，别这样，请别这样。我愿意做任何事，姑娘，但请不要这样做。请不要，请不要，姑娘。”

我咽下那口酒，将杯子放在桌子上，向门口走去。女仆对我摇手指，低声说：“别走，她马上就下来了。”

“我得走。”我说着，不再多听，径直离去。但对话还在继续，唯一的办法是赶紧离开。她的话听着就让人感觉不好了，对面的话就更难听了。

我在庭院里对女仆说：“请告诉她，我到了庭院里就遇到了你，我一个朋友生病了所以我等不及。请代我对她说旅途愉快。我会写信的。”

“一言为定，先生。您等不及了，真可惜。”

“是啊，”我说，“太可惜了。”

对我而言，这就是我们友谊的结束，真是足够蠢的。虽然我还是为她做点小事，必要时露个脸，把她想见的人请来，等新的阶段开始，她有了新朋友，我又与大多数跟她交友的男人一起等候决裂。看着一文不值的新画送进她房间，与以往的名画并排悬挂，令人不禁叹息，但对我而言已经无所谓了。她与我们所有这些喜欢过她的人争吵，除了胡安·格里斯：她不能跟他吵，因为他死了。我估计他也未必在乎，因为他也过了斤斤计较的年纪，在他画里就体现这一点。

最后，她甚至跟她的新朋友争吵，但我们这些旧朋友就不再关注了。她日益跋扈得像个罗马皇帝，如果你喜欢你的女人像个罗马皇帝，那也不坏。但毕加索画的她，在我记忆中，依然是意大利北部妇女的样子。

最后，每个人，或者说，大多数人，为了不闹得太僵，都和她重新交了朋友。我也如此做了。但我们无法重新成为真正的好朋友了，从感情和思想都如此。在思想上无法成为好友，那是最糟糕的事，但事情比那还要复杂得多。

被死神标记的人

我在艾兹拉的工作室遇到厄尼斯特·沃尔什那个下午，他跟两个姑娘在一起：两位都穿着貂皮长大衣；街上还停了辆克莱里奇饭店租来的轿车，车子颀长锃亮，司机身着制服。两个姑娘都一头金发，是与沃尔什同船来的旅伴。船是前一天到的，他就带她俩来拜访艾兹拉了。

厄尼斯特·沃尔什面色黝黑，姿容紧张，毫无疑问是爱尔兰人，有诗人气质，就像动画片里被死神标记过的人物一样面带死气。他跟艾兹拉谈话时，我跟姑娘们说话。姑娘们问我是否读沃尔什先生的诗，我说没读过，其中一个拿出本哈利特·门罗主编的绿皮《诗刊》，给我看其中几首沃尔什的诗。

"他每篇赚 1200 美元呢！"她说。

"是每首诗啦！"另一个姑娘说。

我记得自己在同一本杂志上登载时，每页赚 12 美元。“他定然是个非常伟大的诗人！”我说。

“他比艾迪·格斯特挣得还多。”第一个女孩告诉我。

“比另外那个诗人挣得都多，你知道的。”

“吉卜林！”她的朋友说。

“比任何诗人赚得都多。”头一个姑娘说。

“你们在巴黎待得久吗？”我问她们。

“啊，不。不太久。我们跟一群朋友一起来。”

“我们坐船来，你懂的。可船上连个名人都没有。当然沃尔什先生除外。”

“他赌牌吗？”我问。

她看着我，一脸失望但又理解的表情。

“不，他不用赌牌。瞧他的诗写得多好就知道啦。”

“你们坐什么船回去？”

“看情况吧。得看船的情况，还有许多事。你回美国吗？”

“不，我过得还行。”

“这里算是个穷街区吧，算吗？”

“算。但这里挺好的。我在咖啡馆写作，我还去看赛马。”

“你就穿这身衣服去看赛马？”

“不。这是我的咖啡馆装束。”

“还挺可爱的，”其中一个姑娘说，“我想去看看那种咖啡馆生活。你去吗亲爱的？”

“我也想去。”另一个姑娘说。我在自己的地址簿里记下她们的名字，答应以后到克莱里奇酒店去找她们。她俩都挺和善的，我跟她们告别，跟沃尔什和艾兹拉告别。沃尔什还在紧锣密鼓地跟艾兹拉说话。

“别忘了哟！”高个的姑娘说。

“怎么能忘呢？”我对她说，跟两个姑娘都再握了次手。

下次我听艾兹拉说起沃尔什，说是有几位贵妇人特别中意诗歌和垂死的年轻诗人，花钱将他从克莱里奇饭店保了出来。再下次的新闻是，他又得到另一处财源撑腰，预备和别人合开一份新杂志。

当时斯科菲尔德·塞耶主编的美国文学杂志《日晷》每年颁发大约一千美元奖金，奖励优秀投稿。在那时代，对任何正经作者，这都不仅是荣誉，还是笔巨款。许多人都得过这笔奖金，自然全部当之无愧。那时候，两个人每天花五美元就能在欧洲住得舒舒服服，还能旅游。

据说沃尔什担当编辑之一的这份季刊，正预备在前四期出版后，评出一篇最佳作品，向作者颁发一大笔奖金。

这个消息究竟是谁多嘴泄露的，还是流言呢？很难说。我们姑且希望并相信这是光明正大的吧。至少跟沃尔什合作的那位编辑，乃是无可指摘的。

我听到这笔奖金的传闻后不久的某天，沃尔什请我在圣米歇尔大道上最奢华的一家饭店吃午餐。我们吃了昂贵的马莱纳牡蛎，外壳扁平，带点铜色，与我所常吃的便宜深壳葡萄牙牡蛎大大不同。再一瓶普伊—富赛葡萄酒后，沃尔什开始拐弯抹角说到奖金的事。他像是在诱骗我，就跟他在船上诱骗了那两个女骗子似的——当然我是说，如果那两个姑娘真是骗子，而他也真的诱骗了她们的话。然后他问我要不要再来一打——用他的说法——“扁牡蛎”。我说我很想再吃。他这次没有在我面前装出死期将近，我倒还松了口气。他知道我已听说了他的肺结核：当时这病是不治之症。我知道他的病多严重。他没有在餐桌上刻意咳嗽，我还真谢谢他。我好奇他是不是跟堪萨斯的妓女一样吃扁牡蛎：堪萨斯的妓女们得了肺结核，自知死期不远，总是把精液当成治肺病的药吞下去。我没有问他。我开始吃第二打扁牡蛎，将牡蛎从银盘的碎冰里挑出，挤几滴柠檬汁在极柔嫩的褐色蚌唇上，看它收缩，将粘在壳上的蚌肉拧下，细心地咀嚼味道。

“艾兹拉是个伟大的，伟大的诗人。”沃尔什说着，用他那双黑色的诗人眼睛看我。

“是啊。”我说，“还是个好人！”

“贵族！”沃尔什说，“真是个贵族！”

我们在静默中吃喝，以致敬艾兹拉的贵族风范。我想念艾兹拉，希望他在这里。他也是吃不起马莱纳牡蛎的人。

“乔伊斯也很伟大，”沃尔什说，“伟大，伟大！”

“伟大，”我说，“也是个好朋友。”在乔伊斯刚写完《尤利西斯》那段鼎盛时期，赶在他即将开始创作很长一段时间内都被称为《进行中的作品》的另一部小说前，我和乔伊斯成了朋友。我想起乔伊斯，记起了许多事。

“我希望他眼睛好一点了。”沃尔什说。

“他也这么盼着。”我说。

“这是我们时代的悲剧啊！”沃尔什告诉我。

“每个人都有点什么地方不大对劲。”我说着，尝试让午餐气氛变好点。

“你就没有。”他对我全副热情了一下子，然后他又回到死气沉沉的模样。

“你是说我没被死神标记么？”我问道，我真就忍不住说了。

“不。你是被生活标记了。”他强调了生活二字。

“让时间来回答吧。”我说。

他要了份上好的嫩牛排，我要了两份淋了鸡蛋黄油酱的菲力牛排。我想黄油可能对他健康有益。

“来一瓶红酒吗？”他问。侍者领班来了，我要了一瓶“教皇新堡”红酒，喝多了我反正可以沿码头散步醒酒，他可以去睡掉醉意，或者随他高兴。我也可以找个地方睡觉吧，我想。

酒来了。我们吃掉了牛排与法式薯条，“教皇新堡”红葡萄酒也喝掉了三分之二——这可不是餐酒。他开口了。

“不用拐弯抹角了。”他说，“你知道你会得到奖金的，对吧？”

“我会吗？”我问，“为啥？”

“你会得到的。”他说，他开始谈论我的写作，我不再听他说话了。别人当面跟我谈我的写作让我恶心，我看着他和他被死亡标记了的脸孔，想道：你这个肺结核病人用你的肺结核诱骗我。我见过一整个营的人倒在大道的尘埃中，三分之一都奄奄待死，但他们也没有故作表情，只是满面尘灰。我看见了你，你摆出一副死期将近的样子，你这个骗子，靠死期将近来骗人。现在你要诱骗我了。你不欺人，人不欺你。死亡可不会诱骗他，死亡正向他走来呢。

“我觉得我配不上，厄尼斯特，”我说，“我们同叫厄尼斯特，我们都得尽力让自己对得起这名字。你知道我的意思，对吧，厄尼斯特？”

“是的，厄尼斯特。”他说。他用爱尔兰式的悲伤态度对我表示完全理解，还显出一副亲切之态。

于是我总是对他与他的杂志亲切有加，当他因肺出血离开巴黎时，请我帮不懂英文的印刷工人排印完他的杂志，我也照办了。他出血时我见过一次：那是肺结核的症状，我知道他要死了。当时我正逢困难时期，但还是对他关怀备至，这让我十分得意，就像我称呼他厄尼斯特那么得意。此外，我喜欢，并且敬佩他那位合作编辑。她没向我许诺任何奖项。她只是想办一个好杂志，让投资人也满意。

很久之后的一天，我遇到了刚看完日场戏，沿圣日耳曼大道溜达的乔伊斯。虽然他看不清演员们了，还是想听他们的声音。他要我去陪他喝一杯，我们去了双叟咖啡馆，要了干雪利酒，虽然你总是读到他只喝瑞士白葡萄酒。

“沃尔什怎样啦？”乔伊斯说。

“这混蛋，死活都一回事。”我说。

“他许诺你那笔奖金了吗?”乔伊斯问。

“许诺了。”

“我猜也是。”乔伊斯说。

“他也许诺你了吗?”

“是啊。”乔伊斯说。过了会儿，他问:“你猜他许诺了庞德没有?”

“我不知道。”

“最好别问他。”乔伊斯说。我们就不提这事了。我告诉乔伊斯，我如何在艾兹拉的工作室里初遇沃尔什和那两个貂皮女郎，乔伊斯听得津津有味。

埃文·希普曼在丁香园

从我找到西尔维娅·比奇的图书馆那天之后，我读完了屠格涅夫的所有作品、已出版的果戈理英译本、康斯坦斯·加内特翻译的托尔斯泰小说和契诃夫小说的英译本。我们来巴黎前，就有人在多伦多告诉我，凯瑟琳·曼斯菲尔德是个好短篇小说家，甚至可称伟大。但读过契诃夫后再读她的作品，就觉得她是个年轻的老女仆细细编排故事，契诃夫的小说则像个渊博又善辩的医生写下的朴素明快故事。曼斯菲尔德的作品像是淡啤酒，还不如喝水。而契诃夫的作品脉络明晰，明澈如水。他有些短篇看去仿佛新闻报道，但其他别有精彩的篇目。

陀思妥耶夫斯基的小说则有些情节不可思议，有些情节压根就不像是真的，但有些却如此真实，你阅读时便会被潜移默化：脆弱与疯狂、圣洁与邪恶、赌博的愚蠢，都历历在目，一如你在屠格涅夫的小说里读到风景与道路，在托尔斯泰的小说里读到军队的调动、战地的风貌、军官的形象与战争的场面。斯蒂芬·克莱恩写的美国南北战争小说，与托尔斯泰一比，就像个有病的孩子，从没上过战场目睹战争，只读过关于战争的描述，看过我在爷爷奶奶房间里见过的布雷迪的照片之后，所做出的缤纷幻想。在我读到司汤达《巴马修道院》之前，只有托尔斯泰的小说如实描述了战争，而且《巴马修道院》整体单调，只有对滑铁卢战役的描写意外地出色。在巴黎这个再穷也能工作、过好日子、有时间读书的地方，踏入这样一个文学新世界，真好像得到了一笔丰厚宝藏。你旅游时还能将宝藏随身携带，带去我们在瑞士所住的山上，带去意大利，直到我们发现奥地利弗拉尔贝格山谷里的施伦斯为止，身上总带着书。于是你住在新找到的巢穴里，那幢“飞鸽”旅馆的楼上，白天你生活在新天地中，看着白雪、森林、冰河，感受着冬天的问题，晚上你可以沉浸到俄罗斯作家给予你的神奇世界。一开始那里只有俄国作家的书，后来就齐全了。不过有很长时间，都只有俄国作家的书。

我记得一次，我与艾兹拉打完网球，出到阿拉戈大道，步行回家的路上，他要我去他工作室喝一杯，我则问他，对陀思妥耶夫斯基究竟怎么看。

“跟你说实话，海姆，”艾兹拉说，“我从没读过俄国作品。”

这回答挺坦率。艾兹拉对我的问题一向直来直去，但我觉得糟糕，因为他是那会儿我最喜欢、最信任的一个评论家，一个主张用词必须精确的人，是他教会了我别依赖形容词，就像我之后学会在某种情境下不要依靠某些人似的。我正想听听他对一个用词从不精确，有时却能使笔下人物跃然纸上的作家有何看法——毕竟，除了陀思妥耶夫斯基，几乎无人能做到这一点。

“只看法语作家吧。”艾兹拉说，“那就够你学的了。”

“我知道。”我说，“我到处都有得东西可学。”

之后我离开艾兹拉的工作室，沿街走到锯木厂时，向前看到街两边都是高楼，街道彼端是秃树，圣米歇尔大街宽阔的另一侧，是比利埃舞厅正门。我推开锯木厂大门进去，经过新锯的木板堆，将网球拍挂上楼梯旁的夹子。我在通向顶层阁楼的地方喊了一嗓子，没人在。

“太太出去了，保姆和孩子也走了。”锯木厂主的妻子告诉我。她是个黄发肥硕的女人，挺难相处。我谢了她。

“有个年轻人要见你。”她说，用了法语的“年轻人”，而不称“先生”。“他说他会在丁香园等你。”

“非常感谢。”我说，“如果太太回来，请告诉她我在丁香园。”

“她跟朋友出门了。”厂主太太说着，提了提紫色衬衣，蹬着高跟鞋回到她自己的领地，门都不关。

我走到街上，站在高大、白色但斑斑点点的建筑物间。我走到阳光灿烂的街尽头，右拐走进了丁香园咖啡馆：这里阳光幽弱得多。

咖啡馆里并无我认识的人，我出到外面的平台，发现埃文·希普曼在等我。他是个不错的诗人，喜欢赛马而且挺在行；他也写作，也绘画。他站起身来，我看到他高瘦苍白，穿脏的白衬衫领子破了，领带打得细致，皱巴巴的旧灰西装，手指黑过头发，指甲挺脏，他拘谨着自己亲切又歉意的微笑，免得露出坏牙齿。

“见到你真好，海姆。”他说。

“你怎么样呀，埃文？”我问。

“有些窘迫。”他说，“不过我一首写马泽帕的诗构思出点眉目了。你都还顺利？”

“希望吧，”我说，“你来时，我出门去跟艾兹拉打网球了。”

“艾兹拉还好？”

“好得很。”

“我真高兴。海姆，你知道，我觉得你们那里的锯木厂老板娘不喜欢我。她都不让我在楼上等你。”

“我会跟她说的。”我说。

“别在意。我总能在这里等的。这会儿在阳光里还挺快活的，对吧？”

“都秋天了。”我说，“我觉得你穿得不够暖和。”

“只是晚上会冷。”埃文说，“我晚上穿外套。”

“你知道外套在哪儿吗？”

“不知道。在某个安全的地方吧。”

“你怎么知道的？”

“因为我把诗歌藏在外套里啦！”他真心诚意地笑了，嘴唇略抿着不露出牙齿，“请跟我喝杯威士忌吧，海姆。”

“好的。”

“让！”埃文起身叫侍者，“请来两杯威士忌！”

让端了酒瓶、两个杯子、两只十法郎的碟子和两根吸管。他没用量杯，直接朝杯里倒了四分之三杯威士忌。让很喜欢埃文：让休息时，埃文经常和他一起到奥尔良门外的蒙鲁日，在让的花园里干活。

“你别倒多啦。”埃文对高个的老侍者说。

“有两杯威士忌嘛，不是吗？”侍者问。

我们往威士忌里加了水，埃文说，“啜第一口时得小心翼翼，海姆。注意点，这两杯酒够喝好一阵子呢。”

“你注意过自己的身体吗?”我问。

“注意过呀,真的,海姆。我们说点别的吧,好吗?”

平台没人,威士忌令我俩温暖。虽然我的秋衣比埃文靠谱:我贴身穿了件长袖运动衫,外面一件衬衣,再套件法国水手式蓝毛衣。

“我一直对陀思妥耶夫斯基好奇。”我说,“一个人怎么能写得这么拙劣,拙劣得不可思议,但让你看了深受感动呢?”

“肯定不是翻译的问题。”埃文说,“她把托尔斯泰的作品译得很漂亮。”

“我知道。我记得,没读到康斯坦斯·加内特的译本前,多少次我试图读《战争与和平》都没成功。”

“他们都说这译本还有进步余地。”埃文说,“我也确定可以,虽然我不懂俄语。但我们都懂翻译。这本书确实精彩,我推定这本书可以说是史上最伟大的小说,百读不厌。”

“我知道。”我说,“但陀思妥耶夫斯基就没法反复读了。我有一次旅行去施伦斯没书看了,手头有本《罪与罚》,我没法重读第二遍。我就读奥地利报纸学德语,直熬到找来几本平装的特罗洛普作品。”

“上帝保佑平装本!”埃文说。这会儿加了水的威士忌已经失掉了灼热的口感，我觉得酒劲有些大了。

“陀思妥耶夫斯基是个人渣，海姆。”埃文继续说，“他写人渣和圣徒写得最好。他让圣徒格外动人。可惜我们没法重读他。”

“我要重试一下《卡拉马佐夫兄弟》。也许是我的问题呢。”

“你可以重读某几本。大多数都可以。然后你就生气了，不管那些书写得多好。”

“好吧，我们很幸运可以读陀思妥耶夫斯基第一遍。也许以后会有更好的译本呢。”

“但别让书诱惑了你哟，海姆。”

“不会。我在尝试读得随意些，不知不觉就读进去，这样就会渐入佳境。”

“好吧，我用让的威士忌支持你！”埃文说。

“你这么干会给他麻烦的。”我说。

“他已经有麻烦啦！”埃文说。

“怎么？”

“他们要改经营模式了。”埃文说，“新老板想换一批肯花钱的顾客。他们准备搞个美式酒吧，让侍者都披上白外套，海姆，还命令侍者都预备好刮掉胡子。”

“他们不能这么对待安德烈和让！”

“不该给他们这权力，但他们会这么干的。”

“让留这胡子一辈子了，那是龙骑兵的胡子。他在骑兵团服役过。”

“他没法不刮啊！”

我喝掉了最后一点威士忌。

“再要杯威士忌吗，先生？”让问道，“一杯威士忌，希普曼先生？”

他那浓密的八字胡已成为他善良瘦削脸庞的一部分，几绺头发下的秃顶闪着光。

“别刮胡子，让。”我说，“别冒险。”

“无险可冒了，”他柔声对我们说，“就一团糟呗。许多人都辞职了。来了，先生，”他大声说。他走进咖啡馆，端出一杯威士忌、两个大玻璃杯、两个金边碟子和一瓶矿泉水。

“不，让。”我说。

他放下玻璃杯和碟子，将威士忌几乎倒满两个杯子，带着瓶子和剩下的威士忌回进咖啡馆。我和埃文向杯子里添了点矿泉水。

“还好陀思妥耶夫斯基不认识让，”埃文说，“不然他一定会沉醉至死。”

“我们怎么办呢？”

“喝了它们，”埃文说，“这是抗议，是直接的行动！”

下个周一，我早晨去丁香园写作。安德烈给我端来一杯牛肉汁。安德烈是个金发的矮个子，他先前长着粗浓胡子的嘴唇上，现在光溜溜的像个僧侣，身披一件白色的美式酒吧侍者制服。

“让呢？”

“他明天才能来。”

“他怎样了？”

“他得过一阵子才能适应。他在一个重骑兵团里服役，从头至尾参加了大战。他得了十字军功勋章和军功奖章。”

“我不知道他伤得那么严重！”

“不，他当然受过伤，但他得军功章不是因为受伤，是奖励他的勇决。”

“告诉他我来问过他了。”

“当然。”安德烈说，“我希望他调整的时间不会太久。”

“也代希普曼先生向他问好。”

“希普曼先生跟他在一起呢，”安德烈说，“他们这会儿在花园做活呢。”

恶魔代言人

艾兹拉离开香圣母院路去拉博罗之前，对我说的最后一句话是："海姆，我要你保存好这瓶鸦片，在邓宁确实需要时才给他。"

这是一个挺大的冷霜瓶。我拧开瓶盖，里头的东西黝黑黏稠，发出浓烈的生鸦片味。艾兹拉说，他打临近意大利人街的歌剧院大道那里，一个印度酋长那里买来的，甚是昂贵。我估计来源必然是老墙洞酒吧：那地方聚集了一大堆一战逃兵和毒贩。那酒吧在意大利人街上，很是狭窄，门面涂红，走廊宽度有限。有段时候，有个后门通巴黎的下水道，据说能一直通到地下陵墓。邓宁全名拉尔夫·奇弗·邓宁，一个抽鸦片到忘了吃饭的诗人。每当他鸦片抽多了，就只能喝牛奶。他写三行体诗，艾兹拉由此对他产生好感，还发现他的诗可圈可点。他就住在艾兹拉工作室的院落里。艾兹拉离开巴黎前几星期，邓宁有一次濒死经历，艾兹拉让我去照顾。

他给我的便条上写："邓宁垂死，请速来。"

邓宁躺在床垫上，看去仿佛骷髅，一副要死于营养不良的样子。但我到底说服了艾兹拉：没几个人死前像他这样出口成章，我还没见过有人垂死时能用三行体诗说话呢，我估计但丁都做不到。艾兹拉说他可没用三行体诗说话，我说也许自己被叫来时还没睡醒，听着邓宁的话就当成三行体诗了。我俩陪护了邓宁一晚等他死掉，到天明时只好请个医生来处理。邓宁被送去一家私人诊所，消除鸦片毒素，艾兹拉答应负担医疗费，还不知从哪里变出几个诗歌爱好者来帮助邓宁。留给我的就一件事：在生死关头，才将鸦片送交给他。这是艾兹拉赋予我的神圣使命。我只希望能够不负所托，判断好何谓生死关头。一个周日早晨，生死关头来了：我正在屋里研究赛马日程，艾兹拉家的看门妇忽然进了锯木厂院子，对我窗口吼："邓宁先生爬上了屋顶，还拒绝下来！"

邓宁爬上了工作室屋顶，死活不下来，看来着实是生死关头了，我找到了鸦片瓶，跟看门妇走到街上：她娇小又紧张，被这事弄得挺悚动。

"先生你带了必需的东西吗？"她问我。

“绝对的。”我说，“没啥难的。”

“庞德先生什么都考虑到了，”她说，“他真是菩萨心肠。”

“他确实是。”我说，“我每天都想念他。”

“希望那个邓宁先生还有点理智吧。”

“我拿着需要的家伙呢。”我跟她确认。

我们到了工作室的庭院，看门妇说，“他下来了！”

“他一定知道我来了。”我说。

我爬上通向邓宁房间的露天楼梯，敲他的门。他开了门，神色憔悴，看去高得不寻常。

“艾兹拉要我带这个给你。”我说着，递过了瓶子，“他说你知道这是什么。”

他拿过瓶子看看，然后他把瓶子朝我扔来，砸在我胸口还是肩膀，滚下了楼梯。

“你个婊子养的！”他说，“你个混蛋！”

“艾兹拉说你可能需要这个。”我说。他的回答是扔过来一个牛奶瓶。

“你确定你不需要?”我问。

他又扔了个牛奶瓶。我撤退，他又扔了个牛奶瓶打中我的背，然后他关了门。

我捡起瓶子，放进我口袋：还好只坏了一点。

“他看来不想要庞德先生的礼物。”我对看门妇说。

“现在他大概安静些了。”她说。

“也许他自己还有点鸦片。”我说。

“可怜的邓宁先生。”她说。

后来艾兹拉组织的那些诗歌爱好者又赶来帮助邓宁了。我和看门妇的介入却毫无效果。我把那个据说是装了鸦片的破瓶用蜡纸包好，小心翼翼地绑在一只旧马靴里。几年后，埃文·希普曼与我从公寓里搬走我的东西时，发现马靴还在，瓶子却没了。我不知道为什么邓宁朝我扔牛奶瓶，除非是他记得他第一次病危的晚上我质疑了他，或者他生来讨厌我。不过，我记得“邓宁先生爬上了屋顶，拒绝下来”这句话，让埃文·希普曼大为欢乐。他相信这里头有点象征主义的味道。我可不知道了。也许邓宁认为我是个魔鬼的代理人，或者是警察代理人。我只知道艾兹拉尽力对邓宁好，就像他对许多人那样；我一直希望邓宁也能成为艾兹拉相信他会成为的那种好诗人。作为一个诗人，他扔牛奶瓶还挺准的。但是艾兹拉自己，身为一个伟大的诗人，打网球也很好。埃文·希普曼，身为一个诗人，他却根本不在乎诗能不能出版：他认为这个谜还是悬空不决的好。

“我们需要生活里多一些真正的谜团，海姆，”他有一次对我说，“毫无野心的作家和出色的未发表诗歌，是我们这个时代最缺少的东西。当然，也有维持生计的问题。”

斯科特·菲茨杰拉德

（他的才华纯出天然，仿佛灰尘在蝴蝶翅膀上留下的图案。一度他仿佛蝴蝶般懵然未知，不知道图案被拂去被搅乱了。后来他逐渐意识到自己双翼受损，意识到了它们的构造。他学会了思考，但不再有飞翔的能力：因为对飞翔的爱已经流逝，他只能回忆自己此前，如何踏水无痕。）

我第一次见斯科特·菲茨杰拉德时，发生了一件怪事。斯科特身上发生过许多怪事，但这件我永难忘怀。我正与几个不值一提的人坐在德朗布尔路的“澳洲犬”酒吧里，他走进来，自我介绍，又介绍了跟他同来的一位高挑亲切的男子：那是著名棒球投手邓克·查普林。我不关注普林斯顿大学的棒球，从没听过查普林，但他看去惊人的和蔼可亲、无忧无虑、从容自在又友好，我喜欢他还远喜欢过斯科特呢。

斯科特那时是个大男人，但长得像个少年，一张脸介于俊秀与好看之间。他金鬈发，高额头，眼睛兴奋又友善，一张爱尔兰人的嘴，嘴唇细长娇嫩，如果长在姑娘脸上就相当漂亮了。他的下巴结实，双耳周正，一个不算凸出但帅气到近乎美丽的鼻子。仅是耳鼻自然构不成一张英俊的脸，但他的脸色、金发与嘴唇就够了。那张嘴让你难以捉摸；等你熟悉他，就更难以捉摸了。

我见到他时很好奇，那天之前我写作终日，所以能跟斯科特·菲茨杰拉德与了不起的邓克·查普林做伴，还挺好的——之前我没听说邓克，但他立刻就成了我朋友。斯科特一直说个不停，我则不好意思：他滔滔不绝地夸奖我的写作了不起。我继续凑近盯着他看，注意他的动作，不去听他说话。那时我们私下里有个原则：当面夸奖是公然让对手下不了台。斯科特点了香槟，我、他与邓克，以及我觉得不值一提的那几个人一起喝。我觉得邓克和我都没认真听斯科特的演讲，没错，他简直是在演讲，我就注意观察斯科特。他身材清瘦，脸上略有浮肿，看去状态并不太好。他穿着挺合身的布鲁克斯兄弟牌的外套，里面是一件按扣领的白衬衣，打着禁卫军领带。我觉得自己该告诉他这领带不大妥当，巴黎有英国人，可能到“澳洲犬”酒吧来——当时就有两个——回头一想，管他呢，我又接着看了他一会儿。后来才知道这领带是在罗马买的。

我盯着他看，却没琢磨出什么，只发现他有一双形状好看、颇合观瞻的手，不太小。他在一张吧台凳上坐下时，我发现他腿挺短。如果腿有正常比例，他该比现在还高两英寸。我们喝完第一瓶香槟，开始喝第二瓶，他的演讲也将近尾声了。

邓克与我都感觉好了起来，甚至比喝香槟前都好，因为演讲终于要结束了。直到那会儿，我一直以为只有我、我妻子和几个密友，才私下里认为我是个伟大作家。现在斯科特得出同样的结论，我很高兴，但更高兴的是：他的演讲要结束了。不料演讲之后，提问又来了。他演讲时，你大可不听，只顾观察；但提问可躲不开。我之后才发现，斯科特相信，小说家可以通过直接提问他的朋友与熟人来找到他需要的素材。他的诘问煞是直接。

“厄尼斯特，”他说，“你不介意我叫你厄尼斯特，对吧？”

“问邓克吧。”我说。

“别傻了。我很严肃呢。告诉我，你和你妻子婚前睡过吗？”

“我不知道。”

“你什么意思呀？你不知道？”

“我不记得了。”

“可是，你怎么记不得这么重要的事呢？”

“我不知道。”我说，“很奇怪对吧？”

“这比奇怪还糟。”斯科特说，“你必须得记得。”

“抱歉啊。不记得有点遗憾对吧？”

“别学英国佬说话。”他说，“尽量严肃点，记起来。”

“不。”我说，“没指望了，记不起来。”

“你得认真地回忆一下了。”

这说话架子摆得好大。我想。我好奇他是不是对谁都这么说话，但想想也不至于，因为先前我看见他演讲时都出汗了。一滴一滴汗水从他优美细长的嘴唇上沁出，我就在这时候将视线从他脸上移开向下，去目测他坐在吧台凳上架起的双腿有多长。此时我又将视线挪回他脸上，恰在此时，怪事发生。

他就坐在吧台那里，手握香槟杯，脸上肌肤看来绷紧了，忽然浮肿消失，肌肤更紧了，紧到他的脸看去仿佛死尸。他的双目深陷，仿佛呆滞了，嘴唇紧闭，脸色如蜡。这不是我的想象。他的脸就在我眼前变成了一个死人，或者说，死神面具。

“斯科特，”我说，“你还好吧？”

他没回答，他的脸看去更阴森了。

“我们最好带他去看个急诊。”我对邓克·查普林说。

“不用。他没事。”

“他看起来要死了。”

“不，他发作时就这样。”

我们把他扶进一辆出租车，我很忧心，邓克则说他没事，别担心。“他到家时估计就好了。”他说。

邓克一准说对了，因为，几天之后，在丁香园遇到斯科特时，我说起头两天他发作的事觉得抱歉，说也许我们说话时喝酒喝太快了。

“你说什么？你抱歉？什么发作了？你在说什么呢，厄尼斯特？”

“我是说在‘澳洲犬’酒吧那晚上啊。”

“我在‘澳洲犬’没事啊。我就是被跟你在一起的英国佬弄烦了，就回家了。”

“那晚上你在时没有英国人啊，只有酒保。”

“别玩玄虚啦。你知道我说的谁。”

“呃。”我说。他是之后又去了“澳洲犬”酒吧，或者他哪天又去了？不，我记得，那晚上是有两个英国人，的确有。我记得他们是谁。他们确实在场。

“对。”我说，“没错。”

“那个假装有贵族头衔的姑娘粗鲁得很，还有那个跟她一起的蠢酒鬼。他们说他们是你的朋友。”

“他们是。她有时的确挺粗鲁。”

“你看到啦。只因为我喝了几杯葡萄酒，就故弄玄虚，那没用。你干吗要玩这些虚的呢？我可没想过你会做这类事。”

“我不知道。”我想岔开话题，然后我想到了点什么，“他们是因为你的领带才粗鲁无礼吗？”

“他们干吗因为领带对我粗鲁？我系的是条普通针织黑领带，穿了件白马球衫。”

我放弃了，他问我为什么喜欢丁香园咖啡，我告诉他一些老年间的掌故，他也开始显得喜欢这里了。我们坐着，我喜欢这里，他老说他也喜欢，他又问了我些问题，还跟我讲述作家、出版商、代理人、批评家和乔治·霍勒斯·洛利默的事，还讲了成功作家的逸闻琐事和经济状况，他愤世嫉俗、有趣、欢快、迷人又殷勤——哪怕你平时很警惕殷勤，这时也难免不被他感染。他说起自己以往的作品时颇为小看，但口气里并无苦涩之感，我于是知道了他一定觉得自己的新书不错，所以他谈起以往写的书所犯的错误，并不痛心疾首。他要我读他的新书，《了不起的盖茨比》，但得等他把自己仅存的一本从别人手头要回来。只听他谈论，你无从知道这本书有多好。所有谦虚的作家在写出卓越作品时，都有这种羞怯之态，于是我希望他尽快拿回书来，我就可以读了。

斯科特告诉我，他听麦克斯韦尔·帕金斯说这本书销量不好，但评论界反响颇佳。我不记得是这天还是之后了，他给我看了吉尔伯特·赛尔德斯的评论，写得没法再好了——大概只有吉尔伯特·赛尔德斯自我提高才能写得再好些。斯科特之后因为书卖得不好，颇有点迷惑，有点刺痛，但如我所说，那会儿他并不苦涩，他为那本书的高质量感到羞涩又高兴。

这天我们坐在丁香园外头，看黄昏降临，人们穿行过人行道，灰色暮霭变换。我们喝了两杯苏打水兑威士忌，但他没发病。我仔细观察，但确实没发作，他也未曾提出没皮没脸的问题。他没做任何令人尴尬的事，没发表演说，举动全然像个聪慧又热情的正常人。

他告诉我，他和泽尔达，他的妻子，之前旅游时遭遇恶劣天气，只得将租赁的雷诺车停在了里昂，他问我是否可以陪他坐火车去里昂，把车开回巴黎来。菲茨杰拉德夫妇租了套带家具的公寓房，就在离星形广场（凯旋门）不远的提尔西特路 14 号。这时是暮春时节，我想乡间风景正在鼎盛，我们可以好好游一程。斯科特看来又和善又讲理，我还看着他结结实实喝了两杯威士忌，也没出事，他的热情与理智还让我觉得，在“澳洲犬”那晚上就像个噩梦。于是我说，我可以陪他去里昂，问他何时出发。

我们商定了次日碰头，坐上午的快车去里昂。这班车时间妥当，开得又快，我没记错的话，中间只在第戎停一站。我们计划直接去里昂，确认了车子一切都好可以上路，吃顿好晚饭，第二天赶早回巴黎。

我为这趟旅程激动。我能陪着一个比我年长的成功作家，我们在车里聊天时，我定然可以学到许多有用的知识。现在回忆起来，认定斯科特是个年长作家挺奇怪的，但那时，我还没读过《了不起的盖茨比》，我总觉得他是个老作家。我想他为《星期六晚间邮报》写了三年挺好读的短篇小说，却一直以为他不是个写严肃作品的作家。他在丁香园时告诉我，他如何写出自认为可以的短篇小说——对《邮报》而言确实不错——然后改头换面，深知他如何改动才能让小说顺利变成能卖给杂志的故事。我为此震惊，说这简直是卖淫。他说这的确是卖淫，但他不得不如此，好从杂志赚钱，好写他的出色作品。我说我认为，谁不尽力写出自己最好的作品而去玩别的，一定会损毁自己的才华；他说，他先已写出了好作品，之后的删改对他自己不会有所损害。我不相信，想跟他争论一番，但我需要写一本好小说，来给自己的理念撑腰，好说服他，我还没写出这么本小说呢。自从我开始彻底剖解自己的写作、排除所有技巧、用塑造代替描述后，写作着实乐趣无穷。但这么做很困难，我不知道我如何写出一本够长的小说。我经常花掉一整个早上，才写掉一段话。

我妻子哈德莉很为我们这趟旅途高兴，虽然她并不觉得自己读过的斯科特作品有多正经。她心目中的好作家是亨利·詹姆斯。但她也觉得，我可以从工作中脱身休息一下，旅行一趟，算是个好主意，虽然我俩更希望有足够的钱弄辆车，夫妻俩自己出门旅行，可我觉得这是个太遥远的梦想了。我秋天将在美国出第一本短篇集，波尼利夫莱特付了二百美元预付款。我也在把短篇小说卖给《法兰克福报》、柏林的《纵观》、巴黎的《本季度》和《大西洋评论》。我们在巴黎省吃俭用，非必要开支就不动用，好省下钱预备七月去潘普罗纳、马德里和瓦伦西亚度假。

约好从里昂站出发的早上，我到得太早，在门口等斯科特：先前说好是他拿票来的。然而火车将开了，他还没到，我买了一张站台票，沿站台溜达寻找他。我没找到他，火车将开，我上了车，穿过车厢，希望他也已经上车了。火车很长，他没在里头。我对售票员解释了情况，买了张二等车厢的座位——这车没三等车厢——又问了售票员里昂最好的旅馆。我别无他法，只能从第戎给斯科特打电报，告诉他我会在里昂哪家旅馆等他。他动身前是接不到电报了，但他的妻子应该可以接着电报转告他。那时我从未听说过一个成年人还会误车。但这趟旅行里，我要学会的新玩意还多着呢。

那些日子里，我脾气坏而且急，但到蒙特罗时，我的怒气平息下来，不那么生气了，可以看看车外乡村风景了。到中午，我在餐车吃了顿好的，喝了一瓶圣艾米隆葡萄酒，寻思着：这趟旅行本来该别人付钱的，我现在付的钱本该让我们去西班牙，即便接受这趟旅行的邀请显得我真傻，但这也算吃一堑长一智。我先前没接受过平摊旅费的邀请，这是第一次，我也坚持了要平摊膳宿。可此时，我甚至不知道菲茨杰拉德会不会出现。我这会儿生气了，念叨他的方式就从斯科特变成了菲茨杰拉德。之后我想到，旅途一开始就将怒火发泄过了，还挺庆幸。这旅途注定不适合一个爱生气的人。

我到里昂，得知斯科特离开巴黎来里昂了，但没留下消息说他会住哪儿。我说了我的地址，他的仆人说会告诉斯科特：只要斯科特打电话回来。夫人现在不舒服，还在睡觉。我打电话问遍里昂所有知名旅馆，留了口信，但还是找不到斯科特。之后我出到一家咖啡馆，想喝杯开胃酒，读读报纸。在咖啡馆，我遇到了个卖艺人，表演吞火为生，还用大拇指和食指夹着硬币，放在无牙的嘴里咬弯。他的牙床肿起，但他显摆给人看时，显得还算结实。他说做这行还不错。我请他喝一杯，他挺高兴的。他表情愉悦，脸色黝黑，吞火时则光芒闪动。他说在里昂，许多假吞火者已经把这行毁了，搞得吞火或用手指或下巴力量卖艺在里昂都不赚钱了；那些害群之马还会在任何让卖艺的地方继续混呢。他说他一晚上都在吞火，挣的钱还不够他吃点什么。我又请他喝了杯，好冲掉他吞火时嘴里的汽油味道，又建议一起吃晚饭，只要他说个价廉物美的地方。他说他知道一个好所在。

我们在一家阿尔及利亚饭店廉价吃了顿，菜和阿尔及利亚酒我都喜欢。吞火者是个和善的人，看他吃东西很有趣：他可以用他的牙床咀嚼，不比其他人用牙齿差。他问我靠什么谋生，我告诉他我正开始当个作家。他问我写什么种类的，我说写故事。他说他知道许多故事，有些故事比已有的一切故事都要恐怖荒诞。他可以讲给我听，我写下来，如果挣了钱，我乐意给他多少就给他多少。最好是我跟他一起去北非，他带我去蓝色苏丹的国家，那里能搜集到别人从所未闻的故事。

我问他那些是怎样的故事，他答说是关于战争、处刑、拷问、暴力、可怖的风俗、骇人的习惯、淫乱的丑闻，我需要的应有尽有。时间到了，我得回旅馆了，好再次确认斯科特的消息，于是我付了饭钱，说我们肯定会再遇到的。他说他接下来要去马赛工作，我说我们迟早会在哪里相见的，能一起吃晚饭真好。他将咬弯的硬币弄平，整齐地堆在桌上，我独自走回旅馆。

夜晚的里昂不太让人快活。这是座巨大、沉重、富裕的城市，如果你有钱而且喜欢这类城市，那就还不错。许多年来，我都听说这里饭馆做的鸡美味绝伦，但我们晚饭却吃了羊肉——羊肉也做得棒极了。

在旅馆，还是没有斯科特的消息。我上床去，读西尔维娅·比奇图书馆借来的屠格涅夫《猎人笔记》第一卷，对旅馆里的豪华设置很不习惯：我有三年没在大旅馆的好房间住过了。我打开窗，叠起枕头来垫在脑袋和肩膀下，快快乐乐地跟屠格涅夫在俄罗斯共游，直到我酣然入睡。早上我正在刮胡子，预备外出吃早饭时，前台叫我，说一位先生在楼下要见我。

“请他上来。”我说，继续刮胡子，聆听着早晨倏然苏醒活跃起来的城市之声。

斯科特没上来，我是下到前台见到他的。

“这次的事太乱了，我真是抱歉至极，”他说，“如果我早知道你住哪个旅馆，就简单多啦。”

“那没事。”我说。我们还要同行一条长路，我不想多生枝节。“你坐哪趟车来的?”

“你之后不久的一班。那班车挺舒服，我们如果一起坐那班来就好了。”

“你吃早饭了吗?”

“还没呢。我之前满城找你。”

“真不好意思。”我说，“家里人没告诉你我在哪儿吗?”

“没有。泽尔达不舒服，我也许就不该来这一趟。这趟旅程到现在一团糟。”

“我们吃点早饭，找到车，就回去吧。”我说。

“挺好的。我们在这里吃早饭吗?”

“去咖啡馆吃还快点儿。”

“但我们在这里能吃到顿好早饭。”

“也行。”

我们吃了顿大分量的美式早餐，有火腿，有鸡蛋，甚是美味。但我们点单、等候、吃饭、等着结账的时间里，一小时过去了。侍者拿着账单来时，斯科特才决定我们要让旅馆给我们准备一顿午饭外带。我试图劝阻他，我认定我们在马孔可以买到瓶马孔葡萄酒，还可以在肉店买点什么来做三明治。即便我们完事后商店关门了，回来的路上可以随地吃个饭的饭馆也多的是。但他说，我自己先前告诉他，里昂的鸡很有名，我们一定得买一只带着。于是旅馆为我们预备了一份外带午餐，价格自然也比我们自己买要高个四五倍。

斯科特显然在见我之前就喝了酒，而且看样子还想喝一杯。我问他出发前是否要去酒吧间来一杯，他告诉我，他不喝早酒，还问我喝不喝。我告诉他这完全看我自己的感觉，看我当时的情况，他说如果我觉得需要喝一杯，他就陪我去，免得我寂寞。于是我们到吧台，喝了一杯威士忌带一份沛绿雅水，等着外带午餐。喝完后，我们都感觉好多了。

斯科特坚持要付账，但我还是自己付了旅馆房钱和酒钱。从旅途伊始，我的情绪上便有些复杂的感觉，我发现我自己付账越多，心情还越好了。我正在用掉我为西班牙存的钱，但我知道我在西尔维娅·比奇那儿的信用还好，还能从她那里借到钱来补现下的亏空。

在斯科特寄存车的那处车库，我惊住了：那辆小雷诺没顶篷。车在马赛卸下时顶篷坏了，或者是在马赛被别的原因弄坏了，于是泽尔达下令直接摘了，拒绝修复。斯科特告诉我，他妻子痛恨顶篷，他们开着没了顶篷的车，只能开到里昂，然后遭遇大雨。除了顶篷，车的其他部分倒还完好。我们拿到了清洗、润滑和两公升汽油的账单后，斯科特又讨价还价一番。车厂的汉子跟我们解释，汽车需要新的活塞环，而且车子显然在缺水缺油时行驶过，他将车子发热引发的引擎油漆剥落指给我看，还说如果我能劝这位先生到巴黎换个活塞环，这辆挺好的小汽车就还能为他们效劳。

“先生不让我替换顶篷。”

“不让？”

“人得对车子负责呀！”

“可不是。”

“您二位先生没带雨衣？”

“没带。”我说，“我可不知道车子没顶篷。”

“尽量让那位先生考虑下吧。”他恳求道，“至少考虑下车子。”

“呃。”我说。

我们开了一小时车，就在里昂以北被大雨阻住了。

那一天，我们前后大概被大雨阻挡了十次。骤雨如注，长短不一。如果我们有雨衣，在春雨中开车还是赏心乐事。可惜我们若非被困在树下，便是闷在路边的咖啡馆里。我们从里昂旅馆带来的午餐倒很妙：一只喷香的松露烤鸡，美味的面包配白马孔葡萄酒，我们每次停车时喝点白马孔葡萄酒，斯科特就乐不可支。在马孔，我多买了四瓶好酒，想喝时便启封来喝。

我不确定斯科特此前是否就瓶子喝过葡萄酒，看来他挺激动的，好像在贫民区猎奇，又仿佛一个少女初次不穿泳衣跑去游泳似的。但到了午后，他开始担心自己的健康。他跟我谈了两个最近因肺充血而死的案例。都死在意大利，都令他印象深刻。

我告诉他，肺充血是肺炎的旧式说法，现在过时啦。他说我对此一无所知，全然错误。肺充血是一种欧洲病，即便我读了父亲的医书，也无从晓得：那些医书仅限于谈论美国的病症。我说我父亲也在欧洲学过医。但斯科特解释说，肺充血只是近年才在欧洲出现，我父亲不可能知晓。他还解释说，美国不同地方的症候都不同，如果我父亲在纽约行医而非在中西部，他了解的疾病领域便全然不同——他确实用了“领域”这词。

我说他所谓“某些疾病在美国一处流行，在另一处绝迹”倒也不无道理，我举了例子：麻风病在新奥尔良流行时，在芝加哥倒罕见。但我也说，医生间常交流经验和状况，他的话让我想起，我曾在《美国医学会学报》上，读过一篇论述欧洲肺充血的权威文章，追溯肺充血的起源直到古希腊的希波克拉底。我这说法让他哑巴了会儿，我劝他再喝点马孔葡萄酒，反正上好的白葡萄酒，酒体均衡醇厚，酒精含量又低，可以当成治病的特效药呢。

斯科特喝了酒，高兴了点，但一会儿又情绪低落了，问我能不能在他高烧昏迷之前，赶到个大点的镇子；他说，高烧和昏迷就是我刚才告诉他的、真正欧洲式肺充血的先兆。我将先前在法国医疗报纸上读到的一篇文章译给他听，告诉他这篇论文是我在纳伊的美国医院等着做喉部烧灼术时读到的。“烧灼术”这类词对斯科特产生了安慰剂效应。但他还是想知道我们何时能到个镇子，我说如果我们加急点，二十五分钟到一小时之内就到了。

斯科特又问我是否怕死，我说有时怕，有时不怕。

雨下得大了，我们开到一个村子的咖啡馆躲雨。我记不得那个下午的细节了，但我们终于在一个旅馆安顿下来的时候——那旅馆一定是在索恩河畔夏龙吧——天色太晚了，所有药店都关了门。我们一进旅馆，斯科特就脱了衣服上了床。他说他不在乎死于肺充血。唯一的问题是谁照顾泽尔达，照顾他的儿子小斯科蒂。我自己当时照顾妻子和儿子邦比都自顾不暇，不像能照顾他人的样子，但我还是说我会尽力，斯科特谢了我。他说我得尽量控制泽尔达酗酒，还得给小斯科蒂找个英国家庭教师。

我们的衣服都拿去烘干了，各自穿着睡衣。外头仍在下雨，但在屋里有电灯，还挺惬意。斯科特躺在床上，储存精力来对抗疾病。我给他把了脉，一分钟 72 跳；摸了他的额头，很凉。我让他深呼吸，听他的胸腔，一切正常。

“你看，斯科特，”我说，“你完全没事。如果你想避免感冒，最好就待在床上，我给咱俩各点一杯柠檬水、一杯威士忌。你就着酒吃一片阿司匹林，吃了就好，头都不会痛。”

“那是老太太们的偏方。”斯科特说。

“你一点烧都没有。你不发烧的话，怎么得上见鬼的肺充血呢？”

“别朝我爆粗。”斯科特说，“你怎么知道我没发烧？”

“你脉搏正常，摸额头也不热。”

“摸额头，”斯科特声音苦涩，“你如果是个真哥们，给我个温度计啊。”

“我穿着睡衣呢。”

“叫人去找。”

我打铃叫侍者，没人来。我又打了遍，然后干脆下去找人。斯科特躺着，双目紧闭，呼吸谨细，脸色蜡黄，面容俊美，像个死掉的十字军骑士。如果这就是我将来要过的文人生活，我已经提前厌倦了，本来我已经为不能写作而懊恼，更在浪费掉的生命里每一天末尾感到死亡般的孤寂。我已经烦透了斯科特和这趟闹剧，但我还是找到了侍者，给他钱打发他去买温度计，要了一瓶阿司匹林，外加两杯柠檬汁，两杯双料威士忌。我想要一瓶威士忌来着，但店里只论杯卖。

我回到房间，斯科特依然睡着，仿佛躺在棺材里，将自己雕成座墓碑，双眼紧闭，呼吸得庄严肃穆。

听见我回进房间了，他说："你拿到温度计啦？"

我过去，手放他额头上，倒也没冷到墓碑那样，但还是很凉，并不湿润。

"没有。"

"我以为你拿来了。"

"我派人去买了。"

"这可不是一回事。"

"不是一回事。是吗？"

你没法跟斯科特生气，一如你不能跟疯子生气，但我越发气自己，干吗要卷进这烂摊子里来。他也不是没根据，这点我清楚：那时酒鬼大多死于肺炎，现在这种病已近绝迹。但很难将斯科特当酒鬼看，因为他接触的酒精含量着实微不足道。

当时在欧洲，我们都认为酒与食物一样健康又普通，令人愉悦，让人健康，给人欢乐。喝酒不是势利，也不世故，也不是迷信。喝酒与吃饭一样自然，对我而言还是生活必需，我无法想象自己吃一顿饭却不喝点葡萄酒、苹果酒或啤酒。我喜欢所有的酒，除了甜酒或太烈的酒。至于几瓶轻盈不甜的白葡萄酒，还能让斯科特身上产生化学反应，把他变成个傻瓜，这事从未在我身上发生过。早上我们是喝了威士忌和沛绿雅水，但，在我当时对酒精的无知里头，我无法想象一杯威士忌可以伤害到雨中开车的人。酒精应该早就氧化了呀。

我坐读报纸，等着侍者拿我要的东西来，喝掉了之前停车时开的一瓶马孔葡萄酒。法国报纸上总有些精妙绝伦的犯罪故事，你每天都能关注。这些罪案读着像连载小说，你还必须读开头一段，因为没有美国系列小说那样的内容简介。在美国杂志上，错过最重要的第一章，任何连载小说都失却趣味。如果你只是路过法国，读一张报，一定大失所望：因为你不知道各色罪案、桃色事件与隐私丑闻的前因后果，在咖啡馆中读报的乐趣因此大减。今晚我宁可找个咖啡馆，可以读读巴黎的早报，看看人们，喝点比马孔葡萄酒像样的酒来为晚饭开胃。但我还得照管斯科特，所以只好自得其乐。

侍者带着两杯榨好的柠檬汁和冰、两杯威士忌、一瓶沛绿雅水到来时，他告诉我药房关门了，他搞不到温度计。他借到了点阿司匹林。我请他去看看是否能借到温度计。斯科特睁开眼睛，用爱尔兰人的架势盯了侍者一眼。

“你没告诉他我病得多重吗？”他问。

“我想他知道。”

“请尽量说清楚点。”

我尽量告诉了侍者，侍者说：“我能拿到什么就拿什么来吧。”

“你给够小费没有？他们有小费才勤快。”

“我不知道呀。”我说，“我以为旅馆会额外补贴他们的。”

“我是说他们只有拿到大笔小费才肯为你跑腿。他们大多数都是穷光蛋。”

我想到了埃文·希普曼，我想到了丁香园被改成美国酒吧时，那些被迫剪掉胡须的侍者们，想到我遇见斯科特前，埃文如何在蒙鲁日的花园里劳作，想到我和希普曼在丁香园的漫长友谊，想到我们的一切所作所为，想到这一切对我们的意义。我想将丁香园问题的一切告诉斯科特，虽然我先前可能跟他提过，但我知道他并不在乎侍者，不在乎侍者们自己的问题，不在乎他们的和善与友爱。那时斯科特讨厌法国人，他常接触的法国人只有出租车司机、车房工人、房东和他不认识的侍者，他有许多机会来羞辱谩骂他们。

比起法国人，他还更讨厌意大利人，即便没喝醉，一提到意大利人他也压不住脾气。他也常讨厌英国人，但他有时还能容忍，偶尔还高看一眼。我不知道他对德国人和奥地利人观感如何。我也不知道他那时是否遇到过瑞士人。

在旅馆的这一晚，我庆幸他还算冷静。我混合了柠檬汁和威士忌递给他，外加两片阿司匹林，他吞了阿司匹林，小口小口地啜威士忌，带着令人敬佩的平静，毫无怨言。这会儿他眼睛睁开，遥望远处。我正读着报纸内页的犯罪版，很是高兴，看上去有点太高兴了。

“你是个冷酷的家伙，是吧？”斯科特问道，我看看他，立时明白我开错了药方——那杯威士忌在离间我们了。

“你什么意思，斯科特？”

“你可以坐在那儿安心看份肮脏的法国报纸，我都快死了你都不当回事。”

“你要我去找个医生么？”

“不。我不想看见肮脏的法国土医生。”

“你要什么呢？”

“我要量我的体温。然后我要我的衣服烘干，好赶一列快班火车回巴黎，去纳伊的美国医院。”

“我们衣服不到明早干不了，这里也没快班火车。”我说，“你干吗不休息会儿，在床上吃点晚饭呢？”

“我要量体温。”

如此僵持许久，侍者拿了体温计来。

“你只能搞到这么一个吗？”我问。侍者一进门，斯科特便闭了眼，看去仿佛茶花女。我从没见过有谁脸上血色消逝如此之快，血色哪儿去啦？

“旅馆里就这一支。”侍者说着，递了温度计给我。这是支盆浴温度计，木底座，加了铁皮，进了澡盆便一沉到底。我猛饮了一口酸威士忌，开窗一刻看看雨。我回头时，斯科特在看我。

我职业地甩了甩温度计，说：“还算走运，这不是一支肛用温度计。”

“这玩意搁哪儿？”

“夹在腋下。”我告诉他，在自己腋下比划给他看。

“别弄错了温度。”斯科特说。我又猛甩了一下温度计，解开他的睡衣，将温度计放在他腋下，顺手又摸了摸他清凉的额头，把了把脉。72 跳。温度计放了四分钟。

“我以为温度计一般就放一分钟。”斯科特说。

“这是个大号温度计。”我解释，“测量时间和温度计面积成正比。这是个摄氏表。”

最后我抽出了温度计，拿到台灯下读。

“多少度?”

“37 度 6。”

“正常是多少?”

“这就是正常温度。”

“你确定?”

“确定。”

“你试试自己。我必须要确定一下。”

我把温度甩下去，解开自己的睡衣，将温度计放在我腋下，盯着时间。然后我看了看。

“多少度?”

我看了，“完全一样的温度。”

“你觉得如何?”

“好得不得了!”我说，我正回忆 37 度 6 是否真算正常温度。没关系啦，不量的时候，温度计稳稳地停在 30 度。

斯科特还有些将信将疑，我便问他是否要再测一次。

“不了。”他说，“病好得这么快，我们该庆幸。我的恢复能力一向好得很。”

“你没事。”我说，“但我想如果你留在床上，吃顿晚饭，然后我们明早出发，就最好了。”我原打算买两件雨衣，但那得找他借钱，我不想为了买雨衣跟他争论。斯科特不愿待在床上，他想起身，想穿衣服，想下楼去给泽尔达打电话，让她知道自己一切安好。

“她怎么会觉得你哪里不好呢?”

“这是我们婚后，我第一回晚上不跟她一起睡，我得跟她说。你知道这对我们意味着什么，对吧?”

我知道，但我看不出他昨晚在里昂住，是怎么跟泽尔达一起睡的。不过这没什么好争。斯科特迅速地喝下酸威士忌，要我再点一杯。我找到侍者，还了温度计，问他我们的衣服如何了。他认定衣服一小时内就能干了，“叫管洗烫的烫一烫就干了，不用彻底干透。”

侍者端了两杯防感冒的药水，我喝了我的，敦促斯科特慢慢喝。我这会儿真担心他会着凉，我也看出来但凡他得了个感冒，就得去医院了。可是药水让他感觉好了一会儿，他又为这结婚以来第一晚分居的悲剧色彩得意了。最后他等不及了，于是穿了晨衣，下楼去打电话。

电话得过一会儿才能接通。他上来不一会儿，侍者又端来两杯酸味双料威士忌。到那时为止，我从未见斯科特喝过这么多酒，但他喝了别无他事，只是更加活泼，更加健谈，他跟我讲起自己和泽尔达的爱情故事。他谈起大战期间，他如何与她邂逅，如何失而复得，如何结婚，谈到一年前在圣拉斐尔发生的悲剧。这是他给我讲的第一版“泽尔达爱上了一个法国海军飞行员”故事，听着令人伤感，我觉得很真实。之后他又告诉了我另几个版本，搞得像是要拿来写小说似的，但都不如第一版那么动人。虽然他说的许多版本都可能是真的，但我总相信第一版。他这个故事一次比一次讲得顺溜，但再未有如第一版那般动人。

斯科特口齿伶俐，故事说得好。讲故事时他不必拼写标点，所以感觉大为不同；看他未经修改的信件，你才会发觉他近乎文盲。我认识他两年，他才学会拼写我的名字，当然我名字拼起来太长，而且时间越长就越难拼，所以我觉得他最后拼对了也算了得。他逐渐学会拼写更重要的词汇，尽量有条理地思考更多的事。

但在这天晚上，他想让我知道、理解并欣赏他们在圣拉斐尔发生的事，我看得如此清楚，我几乎可以看到那架单座水上飞机，看到它轰鸣着在救生艇上空低低掠过，看到海水的颜色，看到浮筒的形状与阴影，看见泽尔达和斯科特被阳光晒出的棕褐色肌肤，看到他们深浅不同的金发，看到那个爱着泽尔达的小伙子被晒到黝黑的脸。只是我无法问出心底的问题，如果这个故事是真实的，而且真发生了，斯科特怎么还能每晚与泽尔达同床共枕？如果这一切真发生了，那这才是我闻所未闻的悲惨故事，当然也可能他不记得了，就像他不记得前一晚了似的。

电话还没接通，我们的衣服送来了；我俩穿戴了，下楼去吃晚饭。斯科特情绪有些不稳，斜眼用挑衅的眼光瞥人。我们要了鲜美的蜗牛和一瓶弗留利葡萄酒，吃到一半，斯科特的电话来了。他去了一小时，我最后吃了他的蜗牛，用面包蘸了黄油、大蒜和香菜酱吃掉，喝完了那瓶酒。他回来时，我要给他补点一份蜗牛，他说他不用了。他想要点简单的：不要牛排和猪肝，也不要腌肉和煎蛋卷。吃点鸡就可以。他中午吃了挺好的冷鸡肉，但此处依然是以鸡肉闻名的地方，于是我们要了布雷斯小母鸡，加一瓶本地出产、味道淡雅的蒙大涅葡萄酒。斯科特吃得很少，小口吮着葡萄酒。随即两手托着脑袋倚上桌，晕过去了。他晕得自然而然，毫无演戏的味道，看去还很小心，生怕碰到什么似的。我和侍者把他弄进楼上房间里，放在床上。我脱了他的衣服挂起来，只剩一件内衣，拿床罩盖上他身子。我打开窗，天已放晴，我就开着窗吧。

我下楼去吃完了晚饭，想着斯科特。很显然，他不应该喝半滴酒了，我没照顾好他。他喝什么酒似乎都会令他兴奋，然后毒害他。我计划次日将所有酒类削减到最少。我会告诉他，我们现在要回巴黎，我必须戒酒来保持写作状态。这当然不是真话。我给自己的限制是饭后、写作前和我写作时不喝酒而已。我上楼去，将所有窗户大开，脱了衣服，几乎一上床就立刻睡着了。

次日我们开车经科多尔回巴黎，天气晴好，空气清新如洗，山峦、田野与葡萄园焕然一新，斯科特兴高采烈，身轻体健，一路上把迈克尔·阿伦写的每部小说情节都讲给我听。他说，迈克尔·阿伦是个非读不可的作者，他和我都能从阿伦身上学到东西。我说我没法读书。他说我没必要读，他会告诉我情节、跟我描述人物。他简直给我来了份迈克尔·阿伦的口头博士论文。

我问他跟泽尔达通电话时沟通是否顺利，他说还不坏，他们有许多事要说。吃午饭时我点了可以点到的最淡的一瓶葡萄酒，告诉斯科特如果他不点其他酒，就算是帮我一个大忙了，因为我正在训练自己写作前戒酒呢，而且任何情况下喝酒都不超过半瓶。他配合得默契，当我看到那瓶酒快见底时脸露紧张之色，斯科特还分给了我一点。

我们到了他家，我叫了辆出租车回锯木厂，见了我妻子，我们一起去丁香园喝了杯，感觉太棒了。我们别后重逢后高兴得跟俩孩子似的。我把这趟旅途说给我妻子听了。

“可是，你没觉得好玩，或者学到什么吗，塔蒂？”她问。

“如果我认真听他说的话，我大概能了解点迈克尔·阿伦。我还学到了些什么，只是眼下还没整理呢。”

“斯科特一点都不高兴？”

“也许吧。”

“可怜的人。”

“我学到了一件事。”

“什么呢？”

“永远别和你不爱的人旅行。”

“这不是好事吗？”

“是。还有我们要去西班牙。”

“是啊。现在我们离动身不到六周了。今年我们别让谁破坏这趟旅程了，好么？”

“好。还有去过潘波罗纳后，我们要去马德里和瓦伦西亚。”

“嗯嗯嗯。”她温柔地说，像只猫似的。

“可怜的斯科特。”我说。

“每个人都可怜。”哈德莉说，“看着光鲜，手里都没钱。”

“我们实在是太幸运了。”

“我们要好好地把握住呢。”

我俩敲了敲咖啡桌的木头，侍者过来看我们要什么。但我们要的东西，可不是这个侍者或任何人，或者敲敲木头或大理石能带来的。但我们那晚并不知道，还是很快乐。

一两天后，斯科特拿了他的书来。书的封面花里胡哨，我记得自己看了滑溜溜的书皮和坏品味的暴力画面，煞是难堪。这本书看封面就像本差劲的科幻小说。斯科特告诉我别被封面吓到，这封皮画的是小说中长岛公路旁的一块广告牌，在小说中作用极大。他说他原先喜欢这封面，现在不喜欢了。我把封面摘了来读这本书。

读完这本书时，我明白了，无论斯科特做了什么，无论他举动如何，我必须理解这只是一种病态，以及我应当尽我所能帮助他，做一个好哥们。他有如此多的好朋友，比我认识的任何人都多，但我还是自己看作他的又一个朋友，不管我能否帮到他。如果他可以写出《了不起的盖茨比》这么卓越的一本书，我确定他可以写出一本更好的。我那时还不认识泽尔达，于是我不知道他要面对多可怕的阻力。但我们很快就要知道了。

鹰不分享

斯科特·菲茨杰拉德邀请我们与他妻子泽尔达以及小女儿共享午餐：去他那个租在提尔西特路 14 号带家具的公寓里。我对那公寓的细节，只记得又暗又闷，似乎除了斯科特那几本天蓝色封面、烫金书名的处女作外，别的都不是他的东西。斯科特还给我们看一本挺大的账簿，里头按年份列着他业已发表的作品，以及所得稿费，包括改编成电影的酬金和版税收入。记得仔仔细细，简直像航海日记。斯科特给我们看时，多少带些不动声色的自豪感，像个博物馆馆长。他神情紧张，但很好客，将他的账单当风景似的跟我们炫耀。但他那里并无什么值得一看的。

泽尔达宿醉未醒。他们前一夜去了蒙马特高地，还吵了架：因为斯科特不想喝醉酒。他告诉我，他已决定努力工作不饮酒，泽尔达却觉得他像在扫兴煞风景。她就是这么说他的，但他一提起，泽尔达便说：“我没说，我没做这种事，不对，斯科特。”之后她似乎想起了什么，笑得欢天喜地。

这一天泽尔达看来不在状态。他俩被大雨所困，将车留在里昂那次，一次糟糕的烫发暂时损毁了她的美丽金发，她的双眼疲倦，脸也拉长绷紧了。

她对我与哈德莉热情招待，但看去神不守舍，还想着早晨刚离开的那次派对。她与斯科特看来都觉得，我们在里昂的那段旅途美妙至极，她还挺嫉妒呢。

“你俩可以出去，享受这样简单有趣的时光，那么我自己也在巴黎跟好朋友找点乐子，才公平嘛。”她对斯科特说。

斯科特做主人殷勤周到无可挑剔，但我们吃了顿糟糕的午饭；葡萄酒助了兴，但也没那么有用。他家的小姑娘是个金发圆脸身材结实的女孩，看着很健康，英语带着浓郁的伦敦腔。斯科特解释说，他想给女儿找个英国保姆，这样她长大后，说话就像戴安娜·曼娜斯夫人了。

泽尔达双眼如鹰，薄嘴唇，浓重的南方做派外带南方口音。看她的脸，你会发现她神游回到前一晚的派对，一会儿又回来；双眼放空仿佛一只猫，然后又高兴起来；她的愉悦会随着嘴唇的细线展现，随即消失。斯科特是个热情好客的主人，泽尔达看着他喝酒，眼睛与嘴角都笑意荡漾。我完全理解她的微笑。那意味着她知道，斯科特无法写作了。

泽尔达嫉妒斯科特的写作，以及，我们熟悉之后，这种嫉妒成了家常便饭。斯科特会下狠心不再夜夜笙歌，每天锻炼锻炼，规律地写作。他如此开工，一等他写作顺利，泽尔达便开始抱怨她多无聊，拉着斯科特又去找个醉酒派对。他们会吵架，随即和好，然后斯科特跟我一起散步，把酒精都当汗出掉，再次决定这回一定要好好工作，然后再次开工顺利，然后一切周而复始。

斯科特非常爱泽尔达，他也很嫉妒她。他跟我散步时告诉我许多次，她先前如何爱上那个法国海军飞行员，但自那以后，她没再有哪个男人，让他当真如此嫉妒。这年春天，他又为她跟别的女人在一起吃醋了。在蒙马特的酒会上，他自己不敢晕过去，也怕她晕过去。喝醉了便昏睡过去，是他们自卫的法宝。他们喝点儿烈酒或香槟就能昏睡：对善饮者，这点分量不算事，却能让他俩睡得像孩子一样沉。我见过他俩昏睡过去，只是看着不像醉了，却像打了麻药；他们的朋友们，有时是出租车司机，会把他们送回家里的床上。等他们醒来，就又鲜龙活跳了：他们晕倒前喝的那点酒，不足以损坏他们的身体。

但现在，他们没有这点自卫的法宝了：这时泽尔达的酒量胜过了斯科特，这年春天，他们与一批朋友出去喝酒时，斯科特总怕她当众醉倒。斯科特不喜欢这类场合，不喜欢这群人，但他不得不喝得过量，还得保持点自制力，不然他会因为受不了这批人闹将起来；之后，他甚至在平时该昏过去时，还喝酒来保持清醒。终于他没有时间来写作了。

他总是试图写作。每天他都会尝试，然后失败。他将失败怪在巴黎头上。这城市本是最适合作家写作的城市，而他总幻想还有个别的地方，他与泽尔达可以重新开始美好生活。他想到了里维埃拉，当时那里还没有建成如今的规模，周围是无边的蓝色大海，是沙滩，是松树林与伸入海中的艾斯特里尔山。他想到他与泽尔达初次去里维埃拉时所见的景色：那时里维埃拉还没成为消夏胜地呢。

斯科特跟我讲述了里维埃拉，说我妻子跟我明年夏天必须去，说我们可以去到那里，找到一个不贵的居处，可以一起每天写作、游泳、躺在沙滩上、晒到皮肤呈棕色，午饭前只喝一杯开胃酒，晚饭前再来一杯。他说，泽尔达到那里也会开心的。她爱游泳，跳水也漂亮，她喜欢海边生活，会愿意让他写作，一切又井然有序了。他和泽尔达今年夏天便会带女儿去那里。

我试图劝他尽他所能写小说，别用什么小把戏将它们变换来凑任何公式，他解释说他正在写呢。

“你已经写了一本好小说了。”我告诉他，“你不能再写垃圾了。”

“那本小说卖得不好，”他说，“我必须写短篇小说，还得是卖得好的短篇小说。”

“尽你所能写最好的小说，尽你所能写得直接。”

“我会的。”他说。但按照事态发展，他能写东西都算幸运了。泽尔达说，她并不鼓励那些追求她的人，她跟他们没瓜葛。但看着有人追求她，她觉得好玩，这又让斯科特嫉妒，于是他只得跟着她去那些酒会。这一切摧毁了他的写作，而她嫉妒他的写作胜过一切。

在那年暮春到早夏的时光，斯科特千方百计想写作，但他只能断断续续地写。我见他时，他总是很开心，有时开心得简直过头，他玩笑开得有趣，是个好游伴。到他状态差的时候，我听他倾诉，尽量让他明白，如果他可以控制自己，便可以发挥他的写作天赋。除了死亡，什么都可以改变。他这时便自我解嘲，只要他还能自嘲，我就觉得他还安全。经历这些之后，他写了一个好短篇《富家子弟》，我肯定他可以写出更好的小说，他之后也确实做到了。

那年夏天，我们在西班牙，我开始了一个小说的草稿，那年九月回到巴黎后完成了。斯科特和泽尔达在昂迪布角，秋天我在巴黎见到他，发现他变了很多。他在里维埃拉是根本没有清醒，此时他昼夜都陷于沉醉。对他而言，谁在工作都无所谓了，他只要一喝醉酒，无论昼夜，他都来到香圣母院路 113 号。对那些地位比他低，或他认为地位比他低的人，他都开始粗鲁起来。

有一次他带着小女儿进了锯木厂的门——那天他的英国保姆休息，斯科特照顾孩子——就在楼梯脚，小姑娘告诉爸爸，她要去上洗手间。斯科特开始解她裤子，住在我们楼下的房东过去说，“先生，厕所在前面楼梯左边。”

“知道，如果你不小心点，我把你的头一起塞进去。”斯科特说。

整个秋天他都难以相处，但清醒时他却开始了又一部小说。他清醒时我很少见他，但每逢他清醒，还是很让人愉悦，依然开玩笑，有时自嘲。但他喝醉时，常来找我，而且，喝醉之后，他以搅乱我写作为乐，那气势不下于泽尔达搅乱他写作。这事持续了几年，但同时，那几年，我没哪个朋友比清醒时的斯科特更讲义气。

1925 年秋天，他很沮丧，因为我不肯给他看《太阳照常升起》的初稿手稿。我跟他解释，我重新过一遍稿子并修改之前，这稿子毫无意义；此前我不想跟任何人讨论，也不想给谁看。我们约定，等奥地利弗拉尔贝格的施伦斯下了雪，就去那里度假。

我在施伦斯改写了初稿的前半部分，我记得大概在一月完工。我将稿子带去了纽约，给斯克里布纳公司的马克斯·帕金斯过目，回到施伦斯修改完全书。斯科特在四月底才看到全稿：那时稿子已经彻底修改删节，送交斯克里布纳公司了。我记得曾跟他就此开过玩笑，他则忧心忡忡，急于帮忙，一如平常。但我改写时可不想他帮忙。

我们住在弗拉尔贝格时，我正忙于改完全稿。斯科特和妻女已经离开巴黎，去到下比利牛斯山的一个温泉胜地去了。泽尔达病了：因为香槟酒过量引发了常见的肠道不适，那时诊断为结肠炎。斯科特没有喝酒，开始写作，他希望我们六月到胡安莱潘去会合。他们会为我们找到一处便宜的别墅，这回他一定不会喝酒，一切就像美好的旧日，我们可以游泳，健康地晒到黝黑，午饭前喝一杯开胃酒，晚饭前再喝一杯。泽尔达又恢复了，于是他们也都好了，他的小说进展顺心如意。因为《了不起的盖茨比》的戏剧版反响好，他得了笔收入，这小说还要卖电影版权，他更不用担心钱了。泽尔达也挺好，一切都井然有序。

五月我独自在马德里写作，后来买了张三等车厢票，从巴荣纳去到胡安莱潘。我犯蠢花光了钱，路上只在法国与西班牙交界的昂代吃了顿饭，到站时饿得前胸贴后背。斯科特为我们找的别墅挺好，他自己在不远处找了栋好房子住，我见到我的朋友与妻子，很是高兴：我妻子把别墅布置得漂漂亮亮，午饭前的餐前酒也很美味，我们又多喝了两杯。那一晚，赌场设了个小小的欢迎酒会，参加者有同一别墅的麦克利什夫妇、墨菲夫妇和菲茨杰拉德夫妇，以及我和我妻子。大家喝的酒度数都不高过香槟，气氛欢悦，此地显然是个适合写作的胜地。除却没法孤身一人待着，这里有一个写作者需要的一切。

泽尔达那一晚也很美，肌肤晒出美丽的金色，头发则是美丽的深金色，很是友善。她的鹰眼清澈冷静。我觉得一切都恰到好处，最后也会圆满时，她倾身向我，俨然要告诉我一个伟大的秘密：

“厄尼斯特，你不觉得阿尔·乔尔森比耶稣更伟大吗?”

那时没有人会想到这种事。这是泽尔达与我共享的仅有的秘密，仿佛一只鹰偶尔也跟一个人分享点什么。但鹰是不会分享的。在斯科特知道泽尔达发疯之前，他再也没有写出过好作品。

尺寸问题

很久之后，在泽尔达经历了所谓第一次精神崩溃之后，我们恰好又同在巴黎，斯科特找我去雅各布路和教皇路拐角的米肖饭店吃午饭。他说他有点很重要的事要问我，对他而言这事重要过世上的一切，我必须回答得绝对诚实。我说我会尽力。每次他让我绝对诚实地回答问题时我都如实回答，但我的回答总让他生气，不过经常不是当场发作，而是事过之后，有时隔了许久，他细思之后才生气。我的话就成了他必须摧毁的玩意，如果可以，连我一起都摧毁。

他午饭喝了酒，但对他没影响；午饭前他也没特意喝酒。我们谈论各自的写作，谈论其他人，他问及一些我们最近没见着的人。我知道出于各种原因他正遇到大麻烦，但他想谈的不是这些。我等着他提问，等着他要提问的、我必须绝对诚实回答的问题，但他直到饭局末尾才将问题抛出来，仿佛我们在吃顿商务午餐似的。

最后我们吃樱桃派、喝最后一瓶酒时，他问："你知道我没跟泽尔达之外的任何女人睡过。"

"我不知道。"

"我以为我告诉过你。"

"不。你告诉过我许多事，但这个没有。"

"那跟我必须问你的事有关。"

"好的。问吧。"

"泽尔达说，就我的状况，我不可能取悦其他女人，她对我不满也源于此。她说这是个尺寸问题。她这么说过后，我一直感觉不对，我得确认下。"

"我们去办公室。"我说。

"办公室在哪儿？"

"洗手间。"我说。

我们回到餐桌边坐下。

"你完全没问题。"我说，"你没问题。没有哪里不对劲。你低头看自己，当然会觉得短些。去卢浮宫，看看那些雕塑，再回家看看镜子里的自己。"

"那些雕塑可能不准确。"

"他们很正常。大多数人都和他们一样。"

“但她为何这么说?”

“是为了让你丧失信心。这是让世上的男人丧失信心最古老的法子了。斯科特，你要我告诉你真相，我可以告诉你更多，但这就是绝对的真相，这就是你所需要的一切。你也可以去问个医生。”

“我不想去。我想你告诉我真相。”

“你现在相信我吗?”

“我不知道。”他说。

“我们去卢浮宫。”我说，“就在街那头，过河就是。”

我们去到卢浮宫，他看了雕塑，但依然不相信自己。

“平时它休息时的尺寸不成问题，”我说，“尺寸是指它勃起之后的模样，这里也有角度的问题。”我用个枕头和其他一些东西帮助他理解。

“有个女孩，”他说，“她对我很亲切，但泽尔达这么说过之后……”

“忘掉泽尔达说的话。”我告诉他，“泽尔达疯了。你一点问题也没有。有点信心，满足那女孩。泽尔达只是想毁了你。”

“你对泽尔达一无所知。”

“好的，”我说，“这一点随意好了。但你来吃午饭，问了我个问题，我已经尽力给了你诚实的答案。”

但他还是疑虑重重。

“我们要去看些画儿吗?”我问,“这里的画儿,除了《蒙娜丽莎》,你看过别的吗?”

“我没心情看画儿,”他说,“我跟人约好要在里兹酒吧见的。”

许多年后,是二战结束后许多年了,在里兹酒吧,先前斯科特住在巴黎时的酒吧跑堂,如今的酒吧总管乔治,问起我来:“先生,每个人都跟我问起的这位菲茨杰拉德先生,是个谁啊?”

“你不认识他吗?”

“不,我记得那会儿所有人,但他们现在只问起他。”

“你跟他们说了什么呢?”

“他们想听的趣事呗,他们听了会高兴的事儿呗。但告诉我,他是谁?”

“他是 20 世纪 20 年代早期一位美国作家,在巴黎和外国住过些时候。”

“但我为什么不记得他呢?他是个好作家吗?”

“他写了两本非常好的书,还有一本没完成,他们说如果写完的话,会是他最好的作品。他也写了许多好短篇故事。”

“他来酒吧多吗?”

“我相信是的。”

“但20世纪20年代早期你来酒吧不多。我知道你那时穷，住在另一个街区。”

“那会儿我有钱时，会去克里翁。”

“我也知道。我记得我们第一次见面的时候。”

“我也记得。”

“真奇怪，我对他一点记忆都没有了。”乔治说。

“那些人都过世了。”

“但是，人死了不一定就被遗忘了。老有人跟我打听他。您得跟我讲他一些事，我好写进回忆录。”

“我会的。”

“我记得你和布里克森男爵有一天来这里，哪年来着？”他微笑道。

“他也过世了。”

“是啊。但我没忘记他。你明白我的意思了？”

“他第一个妻子写作极好。”我说，“她写了一本书，可能是我读过最好的关于非洲题材的书，只有萨缪尔·贝克爵士写的阿比西尼亚境内各条尼罗河支流那本书例外。既然你对作家们有兴趣，把这个放进你的回忆录吧。”

“好的。”乔治说，“男爵不是那种你能忘掉的人。那本书的名字叫？”

“《走出非洲》。”我说，“布里克总是为他第一个妻子的写作感到自豪呢。但我们认识，远在他妻子写这本书之前。”

“但那位，他们一直跟我问到的菲茨杰拉德先生呢？”

“他是弗兰克当总管时的常客。”

“是的，而我那时是跑堂。你知道跑堂是什么的。”

“我会在一本写我巴黎早期生活的书里写到他。我答应过我自己，我会写的。”

“好的。”乔治说。

“我会依照初见他时的印象写出来。”

“好的。”乔治说，“那么，如果他之前来过这里，我会记得他。毕竟，人不会轻易遗忘的。”

“旅客？”

“旅客自然会被遗忘。但你说过他常来这里？”

“这里对他而言意义非凡。”

“就按你对他的印象去写吧。如果他真来过这里，我会想起他的。”

“我们看吧。”我说。

巴黎从来没有结局

我们夫妻俩又添了个孩子后，冬季的寒冷与天候，终于将我们逼出了巴黎。我总能找到一处咖啡馆写作，总能靠一杯牛奶咖啡支撑一早上，侍者打扫一阵后，室内也逐渐暖过来了。我妻子总能找个地方去弹钢琴，虽然那里冷，她能多穿几件毛衣来御寒，完工后回家照顾邦比。不过冬天带个孩子去咖啡馆可不行，哪怕是个从来不哭闹、看什么都不闷的孩子。那会儿我们没有保姆，邦比在他高高的笼床里，跟他那只叫 F. 普斯的大猫相处得其乐融融。有人说将猫留在孩子身边很危险。最无知的偏见还说，一只猫会让婴儿窒息，把婴儿弄死。还有人说一只猫躺在婴儿身上，就能将它压死。F. 普斯睡在笼床里头邦比的身边，用他黄色的大眼睛盯着门，我们出门后，他不许任何人逼近邦比，连我们的保洁女工玛丽都得退避三舍。我们不需要保姆，F. 普斯就是保姆。

但是穷人带个孩子在巴黎过冬，日子太不好过了；我那会儿着实穷得很：我们从加拿大回来时，我已放弃所有的记者工作，短篇小说又根本卖不出去。哪怕邦比先生那么懂事：那会儿他三个月，在一艘小汽船上坐了 12 小时，穿越北大西洋，从纽约到哈利法克斯，途中一声都没哭，坏天气时我们为了不被颠簸，将他安置在铺位里时，他还乐呵呵呢。

我们去奥地利弗拉尔贝格的施伦斯。穿过瑞士，来到奥地利边境的费尔德基希。火车穿越列支敦士登，停在了布卢登茨：那里有一条小铁路支线，沿着一条满是鹅卵石与鳟鱼的河流，穿过溪谷中的农田与森林，直达施伦斯。施伦斯是个阳光烂漫的集镇，有锯木厂、商店、小酒馆和一个挺好的旅馆，整年开放，叫做“飞鸽”。我们就住在这里。

飞鸽旅馆的房间宽敞舒适，炉子大，窗户大，床大，有好毯子与羽毛床罩。饭食简单美味，餐厅与木制公共吧台暖烘烘的，很是亲切。山谷开阔，阳光烂漫。我们三人每天的膳宿费大概是两美金，因为奥地利货币随通货膨胀贬值，我们的膳宿还变便宜了。德国倒没有这么夸张的贬值与贫穷。汇率起伏不定，但大体趋势是下跌的。

从施伦斯上山，既无滑雪吊索，也无缆索铁道，但从各处山谷通向高山，倒有伐木小径和放牛小径。爬山时将海豹皮捆在滑雪板底垫着，到谷顶就有大棚屋可以过夜：这棚屋是登山俱乐部为夏季登山者盖的，你过夜时若烧了木柴，就自觉留下钱来。有些棚屋需要你自己裹柴而上，若你计划在高山与冰川里长游，就得雇人将木柴与补给物资随队运来，扎起营地。高山营地棚屋里最有名的，是林道尔木屋、麦德兰纳之家与维斯巴登木屋。

飞鸽旅馆后面，有一条类似练习用的雪道，你可以滑雪下坡，穿过果园与农田；越过山谷，在查冈后面，有另一条平滑的雪道，那里有家漂亮的小酒店，饮料间墙上集着形形色色漂亮的羚羊角。从山谷边缘的查冈伐木场后出发，一处极好的滑雪道沿山而上，伸展过山峰，翻过锡尔夫雷塔，进入克劳斯特斯地区。

施伦斯这地方很适合邦比：我们托一个美丽的黑发少女把他放进雪橇，带去阳光下玩耍。哈德莉和我得以尽情饱览这新鲜的山区，这新鲜的村庄，以及镇上友善的人们。瓦尔特·伦特先生，最早的高山滑雪者之一，曾与著名的阿尔贝格滑雪家汉斯·施耐德合作，制造了用于不同条件雪地上登山使用的滑板蜡。那时节伦特先生刚开了一所高山滑雪学校，我俩去报了名。瓦尔特·伦特的教学系统是让学员尽快离开练习道，投入高山滑雪。那时滑雪与现在不同，脊椎骨折还不常见，断一条腿你就完了。滑雪区没有巡逻救生队，想滑雪，你就得先爬上山，如此你就练出了适合滑雪的双腿。

瓦尔特·伦特相信滑雪的乐趣在于渺无人烟、无人涉足的最高山区，然后开始滑行，越过阿尔卑斯山顶的碍口与冰川，从登山俱乐部的一个棚屋滑向另一个棚屋。扣滑雪板时应注意避免扎得太紧，以免摔断腿骨；摔倒之后，滑板该在摔伤前自动脱开。伦特最喜欢不扎绑绳在冰川上滑行，只是这招式不到春天裂缝弥合之前玩不出来。

我与哈德莉首次一起滑雪是在瑞士，就此对这运动钟情。哈德莉快生邦比时我们去白云石山区的科迪纳丹佩佐滑雪，米兰的一位医生告诉我，如果我保证不让她滑倒，他可以许哈德莉滑雪。这就要求我们谨细地挑选地形与线路，绝对稳健地控制滑雪板。哈德莉双腿美丽又结实，控制自如，一次都没跌，就像她不会在无牵引冰上滑雪摔倒似的。我们都了解不同地区的雪情，每个人都知道在厚粉雪堆里怎么办。

我们爱上了弗拉尔贝格，我们爱上了施伦斯。我们在感恩节时候去，待到复活节临近才走。每次去我们都滑雪，只是施伦斯地势不够高，除非冬天下鹅毛大雪，否则真不算个滑雪胜地。好在登山本身很有趣，那会儿的人也不介意多爬爬山。登山时，你放慢脚步控制节奏，就很容易，心脏感觉也不错，还能为背囊的分量感到骄傲呢。到麦德兰纳之家有段山路陡峭难行。但你第二次爬时，便容易些；最后你背了双倍于第一次分量的背囊，还是轻而易举。

我们老是肚子饿，每次到饭点都是赏心乐事。我们喝淡啤酒、黑啤酒和新酿葡萄酒，有时也喝一年陈的葡萄酒。白葡萄酒最是美味。这里也有其他饮料：有山谷里特产的樱桃酒，山龙胆蒸馏的恩琪安烧酒。晚饭有时能吃到罐焖野兔，浇一层丰美的红酒调味酱。有时能吃到栗子酱鹿肉。吃到这些菜时我们便配红酒，虽然红酒远比白葡萄酒贵，但最贵的一升也就 20 美分。普通的红酒便宜多了，我们常买上几桶，带去麦德兰纳之家。

我们带了从西尔维娅·比奇那里借来的一堆书：她允许我们冬天带来度假。我们可以去旅馆夏季花园对面的巷子里，和镇上的居民玩滚木球。旅馆餐厅里每周打一次扑克牌，打牌时窗户紧闭，大门紧锁，因为那时在奥地利，赌博是违法的；我跟旅馆老板赫尔·内尔斯、高山滑雪学校的伦特先生、镇上的一位银行老板、一位检察官和宪兵队的队长打牌。打牌时气氛凝重，大家都牌技了得，除了伦特先生：因为滑雪学校不赚钱，他打牌粗野。宪兵队长一听到两个巡逻宪兵在门外停步时，就将手指放到耳边，我们立刻噤声，直到他们走掉。

每天早晨天色发亮，女仆就冒寒进屋，关起窗户，在大瓷炉里生火。房间里暖和了，我们开始吃早饭：新鲜面包或烤面包片，美味的蜜饯，大碗咖啡，新鲜的鸡蛋，如果你要，还有极好的火腿。床脚旁有条叫施瑙兹的狗，喜欢跟我们去滑雪，我冲下雪坡时它趴在我背上或肩上。这狗也是邦比先生的好友，保姆带邦比出去散步时，它就陪在雪橇旁边。

施伦斯是个写作的好地方。我了解这点，是因为1925年—1926年的冬天，我在那里完成了我有生以来最艰难的修改，我得将我春天花了六星期写的《太阳照常升起》修改，写成一部长篇。我不记得在那里写了哪几个短篇了，反正有几篇不错。

我记得路上的雪，严寒的夜间，肩扛着滑雪板与雪杖，沿着通向村子的小径走回家时，雪在脚下踩得吱吱作声。我们望见了灯光，然后终于见到了楼宇，路边每个人都用德语说“你好”。酒吧间总有村民，穿着钉鞋与山居服装，空气中烟雾氤氲，木制地板被鞋钉刮出痕迹。这里许多年轻人都在奥地利的阿尔卑斯军团服役过，其中一位叫汉斯，曾在伐木场工作过，还是个著名猎人，跟我成了好朋友：因为我们先前在意大利同一个山区待过。我们一起喝酒，唱山间的歌谣。

我记得那条滑雪道，穿过村子上头那山间农场的果园与田野，我记得那些温暖的农舍，屋里有大火炉，雪地上木柴成堆。女人们在厨房里梳下羊毛，将羊毛纺成灰线与黑线。手纺车得靠脚踏运作，纺出的线不再染色。黑线是打黑羊身上薅的羊毛所制。羊毛天然又丰厚，哈德莉穿戴这些毛线织的帽子、毛衣与长围巾，入雪不湿。

有一年圣诞节，镇上演了出学校校长导演的汉斯·萨克斯戏剧。这剧不错，我写了一篇剧评给当地报纸，旅店老板将之译成德语。另一年，镇上来了个前德国海军军官，做了一次有关日德兰战役的演讲。此人剃个光头，一脸伤疤，用幻灯片演示交战双方舰队的行动，拿根台球杆充作教鞭，指出杰里科的怯懦所在，有时太生气，嗓子都失声了。校长担心他的台球杆要戳穿幕布。完事后这位前军官无法平静，全酒吧间都深感不快。只有检察官和银行老板跟他另辟一张酒桌，三人共饮。伦特先生不肯参加演讲，因为他是莱茵兰人。在场的有一对男女，从维也纳赶来滑雪，但他们不乐意爬高山，预备去祖尔斯，我听说他俩后来就在那里死于雪崩。当晚男的说道，德国就毁在如演讲者一般的猪猡手中，二十年后他们还会再次毁灭德国；他的同伴姑娘用法语让他住嘴，说这是个小地方，人心难测。

那年有如此多的人死于雪崩。第一次重大事故发生在阿尔贝格的莱希，就在我们山谷上的山峰之间。一批德国人打算趁圣诞节假期，跟随伦特先生滑雪。那年雪下得晚，下过了大雪，山与高坡受阳光照射，依然暖着。积雪深而又粉，并没在地表冻实。如此雪地之上，滑雪太过危险。伦特先生打电报请他们别来。但他们赶着假期，也不懂何谓雪崩，懵然无惧。他们来到莱希，伦特先生拒绝带他们出去，中间便有个家伙说他是胆小鬼。大家便说要自己滑雪去。最后伦特先生带他们找了个最安全的坡，他亲自滑下去，众人随后，整面山忽然崩塌，仿佛大浪漫过他们。事后挖出了十三个人，其中九个已经死了。事故发生前，高山滑雪学校本不兴旺，事故之后，我们几乎成了仅剩的学员。那年阿尔贝格许多人死在雪崩里，我们学到了许多关于雪崩本身的知识，许多不同类型的雪崩知识，学会如何规避雪崩，如果被困雪崩之中如何自救等等。那年我写的东西，多半是在雪崩期间完成的。

那个雪崩之冬，我最糟糕的记忆是：雪里挖出一个人。他蹲着，双臂在头前方挡了一个方口子：这是我们学过的动作，用来在雪慢慢盖过头顶时，能有空气呼吸。他遭遇了一场大雪崩，事后很久才将当事人尽数挖出，他是最后一个被发现的。他死去不久，他的脖子被压断了，筋骨清晰可见。他一直在向两边摆动脑袋，想摆脱雪的压力。这场雪中坍下的雪必然有些多年的硬雪，混合着刚滑下的新软雪。我们无法肯定他是有意如此摆头，还是出于精神错乱。当地教士拒绝他入葬教堂墓地：因为无法证明他是天主教徒。

我们住在施伦斯时，我记得我们常长途远足，从山谷上到小酒店，睡过一觉，再攀向麦德兰纳之家。那是一家漂亮的老酒店，你享用饮食的餐室木墙经历了多年擦拭，如丝绸般滑顺。桌椅亦然。饭食总是可口，你总是饥肠辘辘。夜间我们紧挨着，盖上羽毛被，在大床上睡觉。窗户敞开，明亮的星辰很近。早上用过早饭，你全副武装，在黑暗中走到路上，肩负滑雪用具开始攀登时，星辰依然明亮。搬运工的滑雪板都很短，别的用具背着很重。我们互相竞赛，看谁攀登时所负最重，但谁也比不过搬运工。他们都是农民，严肃矮胖，只会说蒙塔丰方言。他们如驮马般沉稳地攀爬，到山顶找到登山俱乐部靠着冰雪覆盖的冰川悬崖所建的棚屋后，将背负的东西靠上石墙，便问我们要钱，价码总高过我们先前议定的数目。对方妥协后，他们踩着短短的滑雪板飞速滑下山坡，仿佛地精般消失了。

与我们一道滑雪的，有位出色的德国姑娘。她是个出色的滑雪者，身材娇小优美，扛的背囊和我一样重，还能比我扛得久。

“那些搬运工看我们时，总像是希望能把我们当死尸拖下山似的。”她说，“他们自己定了上山的价钱，可我没见过哪次他们不多要价的。”

山谷高处的农民与山谷低处与中部的农民大不相同，高埃山谷的农民待人像仇敌似的。冬天在施伦斯，我留了把络腮胡子，好挡住高山雪地上反射到我脸上、灼得我热辣辣的阳光。我也不理发。某夜我们沿伐木小径滑雪下山，伦特先生告诉我，我滑雪经过施伦斯上面那几条路上，农民们叫我“黑基督”。他说有些农民到酒吧间，就说我是“喝樱桃酒的黑基督”。但另一些农民，就是我们雇来挑行李上山的蒙塔丰顶上的农民，却当我们是外国魔鬼，老去那些普通人不该进的深山。我们天明前出发，避开阳光曝晒便可能发生雪崩的地带，这恰好证明我们跟所有外国魔鬼一样狡猾。

我记得松树的气味，记得伐木工人的小屋里，我们躺在山毛榉叶做的床垫上睡觉。我记得如何在森林中一路追踪野兔与狐狸滑行。一次我在树木生长线以上的高山上，追踪狐狸的足迹滑行，追到狐狸在我视线之内，看着狐狸抬起前腿略站片刻，又小心翼翼地放下腿，一停，一窜，一只松鸡被惊起，白影一闪，飞远，跃过了山脊。

我记得滑雪时，大风可以如何吹弄积雪，摆出千姿百态。住在高处登山棚屋里，暴雪到来，造出一个陌生的世界，我们得小心翼翼地选择路线，仿佛从未见过此地的地貌。没人见过这里，一切都是新的。最后春天将至，令人振奋的冰川滑雪开始了：流畅，笔直，尽你双腿所能保持永远笔直，扣住你的脚踝，压低重心，躬身加速，在坚硬的碎冰中发出的吱吱声中向下直滑，滑进周遭的宁静之中。这感觉好过飞翔，好过一切，你靠着背负沉重的背囊做长途登山，锻炼出了这副体魄来滑雪。你没法花钱买到山顶，没法买张车票到山顶。这是我们努力一个冬天的结果，一整个冬天的努力才使这一切成为可能。

在山区的最后一冬，新来的人们深度介入了我们的生活，一切都变了。那个多雪崩的冬天比起下一年冬天，前者仿佛天真烂漫的童年，后者乍看比任何一年都欢乐，实则是一场噩梦，接踵而来的便是那可怕的夏天。就在那年，富人们登场了。

富人们总带着领航鱼在前探路。他有时聋，有时瞎，但总是闻着感觉不错，在富人门前战战兢兢。领航鱼这么说话：“哎呀我不知道，不，当然啦，真的不是。不过我喜欢他们。他俩我都喜欢。是的，上帝为证，海姆，我着实喜欢他们。我懂你的意思了，但我真是喜欢他们，她身上有些棒透了的特色。”（他说了她的名字，发音透着爱慕）“不，海姆，别犯傻，别为难。我真喜欢他们。他俩都是，我发誓。你熟悉了也会喜欢他（用了他的昵称）。我真的喜欢他俩。”

于是你与富翁们为伴，一切从此不同。领航鱼当然也就走了。他总是忙着来来去去，从不久留。他出入政坛或戏院，一如他早年出入各国，出入其他人的生活似的。他永远不会，现在也没被富翁们逮住。什么事都逮不住他，只有那些信任他的人才被逮住杀掉。他年少时便被训练成了个地道混蛋，以及长久潜藏的贪财之心。他每赚一美元便向富翁跨近一步，最后让自己发了财变成了富翁。

那些富人爱他，信任他，因为他看着羞涩、滑稽、躲躲闪闪，已经有了成果；也因为，他是一条聪明到从不出错的领航鱼。

有两个人彼此相爱，相处愉快，二人之一或两个人，都正在做着有价值的事，人们自会被他们吸引，仿佛候鸟夜间飞向明亮的灯塔。如果这两人与灯塔一样老练又牢固，那受损的只有撞来的候鸟。靠自己的欢乐与成功吸引他人的人，往往经验短缺，但他们学习得很快：如何别被碾倒，如何脱身。然而他们还没明白，那些美好、诱人、热情、可爱、慷慨、善解人意、没有缺点的富翁们，每天都像在过节，然而等富翁经过了、汲取了他们所需的养分后，余下的残渣比匈奴铁蹄践踏过的草原还要死气沉沉。

富人们被领航鱼带来。之前一年他们不会来，那时一切还没定下来。我前一年的写作也很好，还过得更快乐，但还没写出小说，所以他们不确定。富人从不在不确定的事情上浪费时间和热情。本来嘛，何必呢？毕加索已获定评，他成名之后，富人们才琢磨起何谓绘画。他们对另一位画家也颇有把握，还有别的许多画家。但这一年，他们对我有了把握，领航鱼给了他们消息。领航鱼自己也来了，于是我们便不会觉得富人们是乍然闯来，不会为难了。当然，那时领航鱼是我的朋友。

那些日子里，我信赖领航鱼，就像我相信地中海水道航行标正指示，相信布朗航海年鉴的资料。在那些富人的热情之下，我盲从信赖，蠢得像条猎狗，乐意跟任何一个持枪的人出门，又仿佛马戏团里训练的猪，好容易找到一个人，就让他只喜欢欣赏自己。每天都仿佛过节，对我而言简直是个美妙新发现。我甚至大声读了我已经修改完的小说给富人们听，这是一个作者所能做的最低级的事情，而且危险得仿佛在冬天大雪下，不系保险绳去攀冰。

当他们说“这很好，厄尼斯特，这真的很好。你都不知道这有多好”，我快乐地摇着尾巴，投入了富人们每日如过节一般的狂欢生活中，看看我能不能叼回几根诱人的骨头，而非静下来想想，“如果这些混蛋喜欢了我的小说，那小说必然有问题呀。”如果我是职业小说家，我必然该这么想。不过那会儿，如果我真算个职业小说家，就绝不会把小说读给他们听。

在这些富人到来前，我们中间已经被插进了一个富人，用的是最古老的方法。一个未婚的年轻女子，成了一个已婚女子暂时最好的朋友，于是来与这对夫妇生活在一起，然后不为人知地、天真无邪然而又无情地，一步步地夺取了那个丈夫。当那个丈夫是个作家，恰又在艰难地写作一本书，过于忙碌，也没能好好陪自己的妻子，有个朋友陪她，那自然是好，但结果就不大美妙了。当写作结束后，身边有了两个诱人的姑娘，其中一个新奇又陌生，如果这男人够倒霉，他就会同时爱上她们俩。

然后，他们不再是夫妻俩加一个孩子，他们中间多了一个。一开始这关系美妙又有趣，持续一段时间后，所有的邪恶都从天真无邪中开始。于是你日复一日地度过，享用着拥有的一切，无忧无虑。你说谎，你厌弃说谎，谎言摧伤着你，每一天都变得更危险，但你日复一日地生活仿佛身处战争。

我当时必须离开施伦斯去趟纽约：第一本小说集出版后，我得专门去理顺一下后续出版的头绪。北大西洋上的寒冬可够受的，纽约的雪深及膝盖。我回到巴黎时，本该从东站坐第一班车去奥地利，但我爱的那姑娘此时正在巴黎，她还在给我妻子写信。我们在一起那些不可思议的欢愉、自私与背信弃义，给了我无尽的快乐，一种无法抹杀的可怕快乐，于是黑色的悔恨、对罪恶的仇恨和悔恨到来，悔恨至极。

后来，当火车沿着木材堆开进车站，我再度见到我妻子站在轨道旁时，我真希望自己在爱上别人之前直接死掉算了。她微笑着，阳光照在她被雪与太阳晒成棕褐色的可爱脸蛋上，身材优美；她的头发在阳光下变成金红色，长了一个冬天，显得怪异却美丽。邦比先生站她身旁，头发闪金，胖嘟嘟的，带着冬天的脸颊，看着像个弗拉尔贝格的好男孩。

“啊塔蒂，”我用双臂抱住她时，她说，“你回来了，你这趟旅行真成功。我爱你。我们如此想念你。”

我爱她，我不爱其他人，我们在一起时度过了神奇的美好时光。我写作顺利，我们旅行愉快，我记得我想着彼此又不可分割了。那就是我在巴黎第一段生活的结尾。巴黎也从此不同了，虽然巴黎永远是巴黎，你会随着巴黎改变而改变。我们再也没有回去过弗拉尔贝格，富人们也没有。

巴黎从来没有结局，生活在巴黎的每个人记忆各自不同。无论巴黎如何改变，无论什么困难，无论如何不易达成，我们总是要回去：那总是值得的，无论我们带去什么，我们都能得到回报。这就是早年巴黎的样子，那时我们非常穷，但非常快乐。

****

在山区的最后一冬，新来的人们深度介入了我们的生活，一切都变了。那个多雪崩的冬天比起下一年冬天，前者仿佛天真烂漫的童年，后者乍看比任何一年都欢乐，实则是一场噩梦，接踵而来的便是那可怕的夏天。哈德莉与我对彼此太有信心了，对我们的信心和骄傲又太不小心了。关于他人如何插足我们的感情，我从未想推诿责任，我知道自己的过错，而且随着我的一生，日益清楚起来。三颗心之间的竞逐如何毁掉一段欢乐的感情、建立起另一段感情、爱与写作以及随之而来的一切，本书不想涉及。我写下了，又删掉了。这是一个有价值、有指导意义的复杂故事。这个故事最终如何结束，也与本书无关。一切罪责都归我。仅有的一位毫无责任的，便是哈德莉，她最后逃脱了这一团糟，嫁了一个远比我好的、我希望自己可以成为而终不可得的人，她很快乐，也配得上这快乐，这一年也就这一件好事，得以绵延长远。

9. 海明威与邦比

10. 毕加索、莫迪利亚尼在圆亭咖啡馆
11. 乔伊斯、西尔维娅·比奇在莎士比亚书店

12. 海明威与哈德莉、邦比在施伦斯

13. 斯科特与泽尔达　14. 艾兹拉 · 庞德
15.T. S. 艾略特

图片来源：

1. John F. Kennedy Library (Ernest Hemingway Collection)
2. Library of Congress (Wide World Photos)
3. Wikimedia Commons (Public Domain)
4. *Café du Dome.* Schimper-Verlag, Schwetzingen (Gemeinfrei)
5. Bibliothèque nationale de France (Agence Rol)
6. Bibliothèque nationale de France (Collection Jules Beau)
7. Zeno Fotografie (Gemeinfrei)
8. Wikimedia Commons (Public Domain)
9. John F. Kennedy Library (Ernest Hemingway Collection)
10. Modigliani Institut Archives Légales (Jean Cocteau)
11. Beinecke Rare Book & Manuscript Library, Yale University (Public Domain)
12. John F. Kennedy Library (Ernest Hemingway Collection)
13. Minnesota Historical Society (Kenneth Melvin Wright)
14. *Pavannes and divisions.* Alfred A. Knopf, New York (E. O. Hoppé)
15. Wikimedia Commons (Public Domain)

地图插页 . Wikimedia Commons (Prepared by Robelin)

附录

* 本章内容为曾经因故未收入早期版本部分篇目

关于第一人称写作

当你第一次开始写第一人称小说时，如果故事写得逼真到令读者相信，他们读故事时几乎总会想着：这故事真发生在你身上。这很自然，因为你编故事时，你得让故事发生在故事讲述者身上。如果你这点做得够成功，你就让故事的读者们相信，这些故事也发生在他们自己身上。若你能做到这一点，你就开始得偿所愿：你创造了一些故事，足以成为读者经验与记忆的一部分。他读故事时，必然有些什么在不知不觉间，渗进了他的记忆与经验，成为他们生命的一部分。这一切做来挺不容易。

私家侦探与文学评论家总可能证明，第一人称小说作者不可能包揽一切，也许什么都不能做。这一点的重要性是证明了，作者要么有想象力，要么有我无法理解的创造能力。

我早年在巴黎的写作岁月里，我创造的源泉非只是我自己的经验，还有我的朋友与熟人们的经验与知识，甚或那些并非作家的点头之交。很幸运的是，我最好的朋友们并非作家，我认识许多健谈的聪明人。我在意大利参加战争时，我每见识或遇到一件什么事，就能知道上百件我周遭的人身上发生的各色故事。我自己的小小经验给了我一小块试金石，让我得以辨认他人故事的真假——受伤本身就是一个密码。战后我在第 19 区驻防过，身边有许多芝加哥来的意大利裔军人，其中有个我在米兰医院认识的朋友。他那时是个年轻军官，受过许多次重伤。我记得他是西雅图来的，到意大利拜访那里的家庭，意大利加入战争时他便参军了。我们成了好朋友，他讲故事讲得很好。

也是在意大利，我认识了许多在英国军队和英国医疗组织服役的家伙。我之后在写作中创造的许多形象来自他们。有许多年，我最好的朋友是个年轻的英国职业士兵，1914 年从桑赫斯特到蒙斯来，一直服役到 1918 年战争结束。

秘密的乐趣

我一上手报纸工作，得跑任务去欧洲各地了，便有必要买一身上得了台面的西装、去理发店修饰一下，来双让人敬重的鞋子。我开始写作时便欠了债，因为我有可能从塞纳河左岸去到右岸看朋友，去看赛马，去做其他你负担不起、会陷进麻烦的趣事。我很快发现了，想避免去右岸，避免卷进各色我负担不起，至少落个“悔青肠子”的活动，最好的法子是不去理发。如果你发型跟艾兹拉那些日本贵族朋友似的，你也没法去右岸。这样就挺理想，能把你完全限制在左岸，逼着你写作。你一直没有够长的空闲去理发，两个月后，你就会变得像个美国内战的老军人，没人会搭理你了。三个月后，你就开始像艾兹拉那些高贵的日本朋友了，你右岸的朋友会觉得你完蛋了。我从没留到四个月没理发，但大概四个月后，你就比完蛋更糟糕了。我挺乐意被人觉得完蛋了，我妻子更乐意别人觉得我俩一起完蛋。

有时我会撞上认识的外国记者在大谈他们对某区域的看法，有人会把我拉到一边，认真跟我说话，说是为了我好：

“你不能放任自流，海姆。这当然不关我事。但你不能这么下去了。看在上帝面上，挺起腰来，至少理个发吧。”

然后，如果我被派去采访什么会议，去德国或近东，我就得理个发，穿上件过得去的西装、我昂贵的英国鞋子，然后或迟或早，我会遇上先前为我鼓劲的那位，他会说：“老伙计，你看着挺好。我看出来你甩掉那套波西米亚破风格了。你今晚准备去哪儿？有个好地方，绝对特别，就在塔克西姆饭店顶上。”

搅扰你生活的人们总说是为你好，我最后发现，他们所要的就是你完全符合、绝不背离某些既定的表面标准，然后就像个旅行推销员那样愚蠢又无趣地泯然众人。他们对我们的乐趣一无所知，也不知道我们自得其乐的美妙：他们当然也永远无法理解。我们这些相爱者的乐趣，简单、神秘又复杂，就像一个简单的、可以意味着世上一切快乐的数学公式。

这种欢乐，你自己根本无需调整，但几乎你认识的所有人都想来矫正。我们一从加拿大回来，我决定即便挨饿我也不为报纸工作了，我们要生活得像原始人，有我们自己的部落规则，有我们自己的标准、秘密、禁忌与快乐。我们现在是生活在巴黎的自由人，我不想再有任何任务了。

“而且我再也不理发了。”我们在丁香园一张温暖的咖啡桌上时，我如此说道。

“你不想就不去呗，塔蒂。”

“我们离开多伦多之前，我就开始了。”

“那真好。那就有一个月啦。”

“六个星期。”

“我们该来杯黑醋栗酒庆祝下吧。”

我点了黑醋栗酒，说：“你喜欢我不理发吗？”

“喜欢。不理发是我们逃脱这些破事，得到自由的一部分。告诉我，你不理发会什么样？”

“你记得我们在艾兹拉家看见那三个日本画家吗？”

“啊好，塔蒂，他们很美，但留出那样的长发，真需要一段时间。”

“我一直想要那种发型。”

“我们可以试试。头发长得还真挺快的。”

“我希望明天就能开始留那发型。”

“没什么特殊方式，塔蒂，就是任头发自己长。你懂的。这得花好长时间。我真遗憾。”

“去他的。”

“我摸摸。”

“这里吗?”

“头发长得挺好的，你就是得耐心。”

“好吧。我就先忘了吧。”

“如果你不去心心念念，头发会长得快一点。你记得早早开始留头发，我真高兴。”

我们看着彼此微笑，然后她说了一个秘密。

“对。”

“塔蒂，我想到一些激动人心的事。”

“告诉我。”

“我不知道是否该说。”

“说吧，继续，请讲出来。”

“我想也许你的头发可以长到跟我一样。”

“可是你的头发一直在长啊。”

“不，我明天就剪平它，然后我就等着你长。这样好不好？”

“是啊。”

“我会等着，然后我们的头发就一样长了。”

“那得花多长时间？”

“也许四个月吧。”

“真的？”

“真的。”

“再过四个月？”

“我想是吧。”

我们对坐着，她又说了点秘密，我回赠了些秘密。

“其他人会觉得我俩疯啦。”

“其他人真倒霉。”她说，“我们可是乐在其中啊，塔蒂。”

“你真喜欢这样吗？”

“我会爱上这新发型。”她说，“但我们得非常耐心。就像侍弄花园那么耐心。”

“我会耐心的，或者我尽量耐心点。”

“你觉得，其他人会像我们这样，为这么简单一点事如此开心么？”

“也许这事没那么简单。”

“我不知道。没什么事比长头发更简单了吧。”

“我不在乎这事复杂还是简单，我就是喜欢。”

“我也喜欢。我们太幸运了，是不是？我的天，我希望我能帮忙，但我不知道我们怎么能让头发长快一点。”

“你觉得我俩能不能把头发剪到相同长度？然后就好开始了。”

“你想的话，我愿意啊。自己剪头发比让理发师剪还容易呢。但剩下的就得靠自己长了。塔蒂，头发得从前面一路留到后面，我们要的是这风格，所以费的时间长。”

“这头发长起来太他妈费时间了。”

“我会琢磨琢磨有什么法子。但你的头发长了六星期了，现在我们在咖啡馆。今晚头发也一定会长的呀。”

“一定会的。”

“我会想点办法的。”

第二天她从美发厅回来，她的头发剪成齐耳短，就在颊下，她一转身头发就扬起来擦脖子，从后面看，头发比她毛衣衣领高一英寸。头发刚洗过，发出深金色。

“从后面摸摸。”她说。

我伸出胳膊环抱着她，感到我俩隔着毛衣的心跳；我抬起右手，颤动的指尖感到她覆着厚发的柔滑脖子。

“用力试试。”她说。

“等一下。”我说。

然后她说，“现在用力往下抚摸下，感受下。”

擎着我的手摸着她的脖子，感受到丝一般的分量，我说了些秘密的言辞，她说：“稍后吧。”

“你呀，”我说，“你呀！”

稍后，我们说话，她说，“我琢磨出了点门道，就搞了点实用的。塔蒂。我全部头发都剪短了一英寸。你看到啦？你摸到啦？现在你等于长了一整英寸的头发呢。那差不多等于一个月的长度。”

我说不出话来。

“再过一周，我再去剪一英寸，发型就还是你喜欢的那样。你都没注意到我剪短头发了，对不？”

“没注意。这样真好。”

“你发现我多聪明了吧？这样你就等于留了两个月的头发。我下午就能去搞定，但我还是等再洗一遍头再说吧。”

“现在这样就很好。”

“我回头帮你剪一下头弄出发型来。”

“你觉得我们该剪么？”

“当然啦，塔蒂。我们先前不就这么说的吗？”

“可能看起来会很滑稽。”

“我们自己可不会觉得滑稽。还有其他人看吗？”

“没有。”

于是我坐在一张餐厅椅上，围着块毛巾，她给我剪了与她一样的发线，将所有头发朝后梳，又将耳朵上的鬓角都剪了。然后她说，“我错了塔蒂，我先前说要留四个月，估计会更久一点。”

“这么久？我在多伦多，一整个月都没让他们剪两边或头顶。我只是六个星期前把后面剪了剪。”

“这些你怎么都记得？”

“我一知道咱们要离开就记得这些了呀。就好像要出狱似的，这些细节总会记住的。”

“到了秋天也不太晚。没关系，塔蒂。我剪了那条发线，因为头发得继续长，这样就会长成我这样了，看，”她挽起头发放到耳后，又坠到前面，“就从这里开始。你的头发就在那里长厚，现在本就够长了，一个月后，头发就会长过耳朵。你怕么？”

“也许吧。”

“我也有点怕。但我们到时候会剪的，好么？”她说。

“好。”

“你能答应，我真高兴。”

“我们确实想留这发型嘛，不是吗？”

“是吗？”

“是嘛！”

“那我们就留呗！”

“你确定吗？”我问。

“确定。”

“别人怎么说都不会有关系吗？”

“没关系。”

“好，那我们就算从昨天开始留了。”

“你是从离开多伦多开始留了。”

“不，我也打昨天开始，我们一起。”

“我们就这样留头发，不去担心别人的看法，自个儿开心。我们现在一起开始了，你开心吗？”

“你能想出这主意，我都为你骄傲。”我说。

“现在我俩有另一个秘密了。我们不告诉任何人。”

“绝不。我们要留多久的头发呢？”

“一年？”

“先留六个月。”

“走着瞧吧。”

那些年我们还是去奥地利过冬。在施伦斯，没人关心你穿什么，没人关心你的发型，只是我们从巴黎来，有些当地人以为这是巴黎的时尚发型哩。以前巴黎流行过这发型，所以大概又流行起来了吧。

旅馆老板赫尔·内尔斯先生曾在洛林住过，留着个拿破仑三世时代的皇室发型，他跟我说他记得以前，人人都留长发，只有普鲁士人才剪短发。他说巴黎能复古流行起长发风潮，他大感欣慰。我先前常去的镇上理发店，理发师对时尚重回正轨大感奇异，颇有兴趣。他说他在意大利看过插图。他说并非人人都留长发，但这风潮能复辟他很高兴。他觉得这是对战争岁月的叛逆。真是扎扎实实的好事。

之后他又告诉我，镇上有些青年也想剪出类似的发型，但还没得心应手呢。他问我这发型留了多久来着。

“大概三个月了。”

“那他们得耐心了。他们都指望一夜间让头发长到齐耳呢。”

“这真得耐心。”我说。

“那么要合着时尚发型，你头发得留多久呢？”

“六个月吧。确切时间谁知道呢？”

“我有种草药，之前用着就很成功。这玩意催生头发特别棒。你要试着搽点儿吗？”

“这玩意闻着怎么样？”

“就只有草药味。挺宜人的。”

于是我拿了草药，闻着确实很有草药之感。我经停酒吧时，发现其他年轻人闻起来都这个味道。

“所以他也卖这个给你啦？”汉斯说。

“是啊。这玩意好用吗？”

“他说有用。你也买了一瓶？”

“是啊。”

“我们都他妈是傻瓜，”汉斯说，“花钱来让头发生长，然后就能把头发剪成我们还是小孩子时的样子了。告诉我，巴黎真流行这发型吗？”

“不流行。”

“我真高兴。那你干吗剪成这样？”

“为了逗乐。”

“好。那我也是。但我们别告诉理发师。”

“不告诉，其他人也不告诉。”

“都不告诉。告诉我，你太太喜欢这发型吗？”

“喜欢。”

“我女朋友也喜欢。”

“她让你留的吗？”

“不，我俩商量着留的。”

“只是这发型很费时间啊。”

“我们必须要耐心！”

如此，那年冬天，我们又多了件乐事。

一个奇怪的搏击俱乐部

拉里·盖恩斯是个身材高挑、肌肉颀长的黑人重量级拳击手，带着张和善无疤的脸，举止端庄，从加拿大来巴黎前是业余拳击冠军。在巴黎，有人把他拽进一个叫阿纳斯塔西的经理人之手，此人麾下有一打拳击手，立刻就把盖恩斯吹嘘成加拿大重量级冠军了。加拿大真正的冠军是一个老练的职业拳击手，叫做杰克·雷诺，深通所有招式，双拳都凶猛；拉里·盖恩斯根本没法在围绳里跟他撑多久。

我妻子和我先前离开巴黎旅行，等我们回到勒姆瓦纳主教街舞厅上头的公寓，在邮件里翻弄找寄来的支票时，我看到一封信：是《多伦多星报》的一个体育编辑卢·马什写来的，让我照顾拉里；还有拉里留的一个备忘，写了他的地址。体育类早报《队报》上，有一篇关于加拿大重量级冠军拉里·盖恩斯的文章，说下周六他要在佩雷波特路的阿纳斯塔西体育馆打他的处子战，具体地址是：如果你已站在屠宰场那一带的中央，正朝维列特门看，那就往美尼蒙朝右过肖蒙高地。还有条更简单的路线：地铁朝丁香门去的倒数第二站，就在美尼蒙蓄水池前面。那一区民风彪悍，同气连枝，能把巴黎最强悍的三个区，包括贝尔维尔的人，都哄过去。这地方足够近，如果拉雪兹神父公墓里有死人是拳击迷，都会被勾引去看的。

我给拉里发了个消息，我们之后在意大利人大道的那不勒斯咖啡馆碰头。拉里是个和蔼的青年，跟他一起坐在桌旁，除了他无伤的脸、他的魁梧身材和他的好风度外，我注意到的第一件事是他长得惊人的手。我从没在拳击手身上见过这么长的手，看起来根本不适合普通拳击手套。他来法国的路上，在英格兰跟一个叫弗兰克·穆迪的中量级拳击手打了一场。

“他打败我了，厄尼斯特先生，”拉里说，“因为对我的手来说，手套太短了，我双手被箍得太紧了，施展不开。”

那时节弗兰克·穆迪是个相当好的拳手，之后我看过拉里训练，我也能明白，即便手套不出问题，弗兰克·穆迪大概也能取胜。我们上了地铁，去到佩尔波特路的上坡，我发现阿纳斯塔西体育馆看着像个舞厅饭店，饭店顶上有几个房间，树木繁茂，周遭有墙。树下立着一个擂台，拳击手们趁好天气锻炼，有重沙袋，有轻沙袋，舞厅里还有垫子。坏天气时，他们就在舞厅里练。

暮春、夏天到早秋的周六晚上，此处有户外擂台拳击赛，围着擂台，有标了号的座位。客人们先在饭店用晚饭，拳击手们除了本地人，大多住在店里，此时便来当服务生。你可以买标号座位，也可以买门票：在店里吃喝，然后去站着看拳击赛。票价挺低，饭食极佳，价廉物美。

我第一天去阿纳斯塔西体育馆时，对此一无所知。只是别人告诉我才晓得。我那时只知道每年这时候出门去，是巴黎生活很健康的一部分。我发现拉里作为重量级拳击手显得精干瘦弱，他骨架大，肌肉颀长，但还不够敦实，更像是一个超常发育、一无所知的男孩子。拉里臂展很长，左刺拳颇佳，右直拳很漂亮，脚步轻盈，移动敏捷。他双腿极好，移动得比我所见任何重量级拳击手都要快、都要远，但也更没效率。他是个地道的业余选手。阿纳斯塔西的训练师派了个马赛来的轻重量级拳击手——他正快成为中量级呢——跟拉里训练，拉里贴住对手，刺了几拳，起舞闪避，对面用典型的重量级比赛风格挡了几下，毫发无伤，跟踪着他。他冒着拉里的刺拳，并没倒下，直接扑到拉里近身位置，拉里只好抱住他。很可惜，忽然间拉里的胳膊显得太长了，他没空间闪躲，对面的陪练少年贴住了他，拉里无计可施，只好擒抱而已。

“他这周六跟谁打？”我问训练师。

“别担心。”训练师回答。

“随便一个重量级都会杀掉他的。”

“在这里，不会。”

“你最好让他退赛。”

“我来给回他信心。”训练师说，叫了停，喊过来一位饭店里刚过来的重量级选手。

拉里绕着擂台走着，深深呼吸。那位轻量级拳击手摘了手套，下巴低垂在胸口，在擂台阴影周边走着，擤着鼻子。拉里小心翼翼地看着他，自己依然走着，呼吸粗重。要照顾他，卢·马什在信里如此对我说。我想：这是我见过最扯淡的地方。还照顾他！

“你不去教他近距离搏击如何保护自己吗？”我问训练师。“他周六就要打比赛了！”

“太迟了。”训练师说，“我不会去破坏他的风格。”

“他的风格？”

“他的双腿有一种梦幻般的风格，”训练师用法语说，“你没看到?”

他在告诉我，他不想冒险毁掉拉里如梦似幻的步伐。

新的重量级拳手是个当地少年，他先前被雇来搬饲养场的牲畜尸体，后来出了点意外，力量受了影响。

“他不知道自己的特长。”训练师告诉我，“他只有拳击的基本概念。但他很听话。”

训练师在他上擂台前给了指令——他上擂台都显得有些吃力。指令很简单，“挡住。”搬尸体那位点点头，专心地咬住自己的下唇；他在擂台上安全地站稳时，训练师重复了一遍，“挡住”。然后他加了一句，“别咬你的下嘴唇。”搬尸体那位点头，之后训练师喊了停。

搬尸体那位双拳手套几乎都碰到了，如此护在脸前；他的双肘紧绷在身体周围，下巴贴胸，左肩负痛似的抬起挡在胸前。他慢慢踱近拉里，左脚在前，右脚拖着。

拉里用一记刺拳停下了对面的脚步，再一记刺拳，再一记右直拳打中对手的前额。搬尸体那位被重拳打中，开始缓慢后移，左脚小心翼翼地后撤，右脚缓慢但精确地跟着。拉里此时立刻展开他全副华丽步伐，追着对手，仿佛一只昂首阔步的美洲狮。他刺拳如雨，直拳优雅。

“你的左拳，”训练师告诉搬尸体那位，“出左刺拳。”

搬尸体那位的左拳套缓缓地离开他头前方，狂妄地伸向拉里，拉里则施展他绝佳的长距离步伐黏住对手，一记漂亮的右拳打在对手嘴上。

“看到他如何用肩膀护住下巴了吗?”训练师问我。

“他的肚子呢?”

“拉里不打肚子。”训练师说。

我想我大概见识到了最惨烈的情境。

“勾拳打他的肚子，拉里。”我说，“逼他放低手。”

拉里以华丽的舞步跟进，左手低拳，打向搬尸体那位的肚子，同时露出了一个放给对手右拳的致命破绽：任何一个重量级拳击手都懂得出右拳。搬尸体那位确实预备出右拳，但右手停在了半空。

“你要干什么?”训练师问我，“改变他的风格吗?”

“见鬼。”我说。

“他周六就要打比赛了。你现在真想让他把拳头折到那小伙子肘上? 你要毁掉他吗? 我负责他的一切。你不负责。闭嘴吧!”

我闭了嘴，看着拉里舞蹈，从那双高举的手套上凿出一个洞；转圈儿；然后在搬尸体那位被勒令再次出拳时，拉里出拳，正中搬尸体那位的左耳、额头和嘴巴。至少他出拳是直线，移动也好。但我一直在想着杰克·雷诺，真正的加拿大重量级冠军，想着拉里得学的各种东西。

拉里在巴黎打的第一个对手，论拳击知识并不比搬尸体那位丰富多少，但他斗志高昂，并不一味防守。拉里不断刺拳击中对手，拳拳到肉。对面的重量级长相看去很饥渴，刚从军队退役，拉里在他周遭移动刺拳太快了，观众为之疯狂。拉里一发长右直拳击中，让对面那小伙子摇晃了，他再预备打时，拉里忘怀了一切，开始一路追打，一刻不停，直到那个小伙子滑下围绳，头先着地倒在帆布上。

比赛之后，拉里说，“我很抱歉。也请告诉您太太我很抱歉。我知道我看着打得不好，我下次会好的。”

“他们都觉得你打得好。观众为你痴狂呢。”

“啊是吧。”拉里说，“我能周一见你，也许聊聊这场比赛和其他事呢?”

“当然。就在那同一家咖啡馆，那不勒斯人，中午见。”

阿纳斯塔西体育馆真是个奇怪的搏击俱乐部啊。

谎言的辛辣味

（福特：他坐得直直的，像条巨大的鱼在喘息，呼吸吞吐，比任何鲸鱼嘴里都要晦气。）

许多人喜欢福特。其中大多数当然是女性。但也有些男人，认识他之后还喜欢他，许多男人还乐意跟他终身交往。这些人是像，类似于 H. G. 威尔斯，赶着个好时段见过福特，也见过福特吃苦头的样子。

我从没在福特的好年纪里见过他，虽然他在《大西洋评论》那会儿和之后，都受人尊重。几乎人人都说谎，谎言也无足轻重。有些人，我们还就喜欢他说谎，还会满怀希望等他说出些最好的谎言呢。福特却说些谎言，留下痕迹。他就钱说谎，就许多日常生活中很重要的事情说谎，会给你许下假诺言。他不走运时，有时会直率地回答你；等他赚了点钱或者走好运了，他变得不可理喻。我也尝试不跟他较真，不背地里评断他，只跟他好好交往，但是要精确地回忆他、描写他，怕还比评断他更残忍呢。

我和妻子从加拿大带着个六个月大的孩子回来，在锯木厂上头找到了公寓，在隆冬时分住进去：那时艾兹拉就住在同一条街上，我在艾兹拉的工作室里初次见到了福特。艾兹拉让我务必对福特和颜悦色，别介意他撒谎。

“他总是一累了就撒谎，海姆，”艾兹拉告诉我，“他今晚状态根本不算差。你要理解他是累了才撒谎。有一晚他很累，就跟我说了一个特别长的故事，说他早年跟一头美洲豹穿越美国西南呢。”

“他去过西南吗？”

“当然没去过。关键不在这儿，海姆，他那会儿太累了。”

艾兹拉告诉我，福特如何无法跟他的第一任妻子离婚，那会儿他还叫做福特·麦多克斯·胡福尔，只好去德国投奔亲戚。似乎他在那里说服了自己，觉得自己成了德国公民，于是提出了在德国离婚。他回去英格兰时，他的首任妻子不同意离婚，福特觉得自己大受困扰，许多朋友都众叛亲离了。这事儿还有许多一言难尽的细节，复杂至极，牵涉许多有趣的人——当然那些人现在都不怎么有趣了。任何一个自以为可以办好离婚，结果众叛亲离的男人，当然都值得我们好生同情一番。我想问艾兹拉，福特说他离婚这些事时累不累，但我确认他那会儿确实累着。

“所以他改了自己的姓，不叫胡福尔了？”我问。

“原因太多啦。他在大战之后才改的姓。”

福特那时开办《大西洋评论》。一战前，还没赶上家庭纠纷时，他在伦敦编辑过《英国评论》，艾兹拉跟我说这着实是个好杂志，福特做编辑干得出神入化。现在他换了个新名字，要重新开始了。现在他也有了位新的福特夫人，一个可爱、黝黑、年轻的澳大利亚女子，叫做斯泰拉·鲍文，是个严肃的画家，他俩有个小女儿叫朱莉，个头看着比她实际的年纪大，很是端庄，仪态颇佳，长得好看，福特告诉我这小女儿跟他那时长得一个模样。

我对福特有一种完全非理性的生理反感，不单为了他的口臭——我发现自己还是能避开上风口，好躲开他的。他另有一种与口臭无关的独特气味，令我全然无法与他同处一室。他说谎时，会溢出一种甜辣的气味，也许是因为他累了便会释放这种气味吧。我总试图在露天见他，当我得去比尔·伯德圣路易岛上的昂茹码头路那里，到他编辑杂志的地方读手稿时，我总是拿着手稿出到室外，坐在大树荫下路边的矮墙上读。我本就可以在那里读，毕竟路上风景挺好，光线也好，每次福特一进门，我就得立刻躲出去。

对邦比先生的教育

我第一个儿子邦比小的时候，我们还住在锯木厂楼上，我俩一起在咖啡馆度过了许多时光。我们冬天去弗拉尔贝格的施伦斯时，他总随我们同行；但哈德莉与我夏季去西班牙时，他便与清洁妇和她丈夫共度——这二位被他称呼做玛丽·科克特和图东。或者在格布林大道 10 号公寓里，或是去布列塔尼的米尔一处房子里过暑假。图东·罗尔巴克先生在法国军队里当过上士，指望退伍时有点小补贴，他们靠这点补贴和玛丽的工资过日子，等着退伍回布列塔尼的米尔。图东对邦比的孩童生涯影响颇大，当丁香园里人多到无法工作时，或我寻思他需要换个环境时，便会将邦比放在婴儿车里，推着走到圣米歇尔广场的咖啡馆中：他可以在那里琢磨人群或者巴黎的喧嚣生活，我则靠一杯奶油咖啡支撑写作。每个人都有自己的一处私人咖啡馆：他们不邀请其他人来，独自在那里工作、读书或接收邮件。他们有其他的咖啡馆来会见情人，几乎每个人都有所谓“另一个咖啡馆”，一个中立的场所，他们可以邀请你在那里见他们的情人，还有规律、简单、便宜的饭食，大家都可以简单来一顿。这可不像你在书里读到早年巴黎那些传奇地方，比如蒙帕纳斯那边的穹顶咖啡馆、圆亭咖啡馆或者菁英咖啡馆，也不同于稍后的穹顶餐厅或者“澳洲犬”。

邦比稍微长大些后，说得一口好法语；被训诫到懂事了，知道在我工作时保持绝对缄默，他自己只观察与寻思；他看到我写完了，便会跟我叨咕些从图东那里学来的东西。

“你知道吗爸爸，女人哭起来就像小孩撒尿?”他用法语说。

“图东教你的?”

“他说男人不该忘掉这个。”

另有一回，他说，“爸爸，你刚才工作时路过的四只母鸡长得不错。”

“你怎么知道管女孩叫母鸡的?”

“不知道啊。我观察她们。”

“图东说了她们什么？”

“别对她们太认真。”

“那该对什么认真呢？”

“法兰西和土豆和薯条万岁！”他用法语说。

“图东真棒。”我说。

“他还是个好军人，”邦比说，“他教了我好多啊。”

“我真服了他。”我说。

“他也很服你呢。他说你操持着一个特别难的工作。告诉我爸爸，写作难吗？”

“有时候。”

“图东说写作很难，我必须永远尊重写作。”

“你尊重就好。”

“爸爸你曾经在土著人中生活过吗？”

“生活过一小段。”

“我们回家时要路过西尔维娅·比奇的书店吗？”

“当然。你喜欢她吗？”

“她总是对我很好。”

“我也喜欢她。”

“她名字也很好听。西尔维娅·比奇。”

“我们会经过她的书店，然后我必须及时带你回家好吃午饭。我答应了要跟别人吃午饭的。”

“那人好玩吗?”

“就一般人。”我回答。

那会儿还没到在卢森堡公园划船的时节，于是我们没去看；我们到家时，哈德莉跟我发生了点争执：那件事上她绝对正确，我错得离谱。

“妈妈真坏。爸爸骂她了。”邦比用大声大气的图东式法语宣布道。

在斯科特开始频繁酗酒后的一个上午，我和邦比在圣米歇尔广场咖啡馆写作完毕后，邦比非常严肃地问我：

“菲茨杰拉德先生生病了吗爸爸?”

“他病了，因为他喝了太多酒，没法写作。”

“他是不尊重自己的工作吗?”

“他妻子那位太太不尊重写作，或者是她嫉妒写作这行当。”

“他应该骂她。”

“事儿没那么简单。”

“我们今天要见他吗?”

“是吧，我觉得会。”

“他今天也会喝那么多酒吗?”

“不会，他说我们都不该喝酒。”

“我会做个表率的。”

那天下午，我带着邦比在一家中立的咖啡馆见了斯科特，斯科特没喝酒，我们各自点了一瓶矿泉水。

“我要半杯金啤酒。”邦比说。

“你就让小孩喝啤酒啦?”斯科特问。

“图东说一点啤酒不会伤到我这年纪的小孩。”邦比说，“不过既然如此就少喝点。”

他要了半杯。

“这个图东是谁?”斯科特问我。

我跟他说了图东这个人，说他简直像马尔博将军或内伊将军回忆录——如果他们写了的话——里头蹿出来的人物，说他身上体现了老法国军队被摧破无数次但依然存在的传统秩序。斯科特与我谈论了1870年普法战争期间的拿破仑阵营，他对此尚不了解，我于是说了些从亲历的朋友那里听来的，关于一战期间尼维尔攻势的故事；告诉他们图东这类军人也许是时代的错误，但确实货真价实。斯科特对1914年—1918年间的第一次世界大战热情地好奇，而我恰好有许多朋友服役其中，其中有些位确实经历过些大事，说来着实惊到了斯科特。这些故事说来远非邦比所能理解，但他听得津津有味，之后我们说了些其他事，斯科特带着满肚子矿泉水和诚挚写作的决心离开了，我问邦比他为何要点一杯啤酒。

“图东说，一个男人应当首先学会自我控制。”邦比说，“我应该先做个表率。”

“可没有那么简单呢。”我告诉他。

“战争也不简单吧，爸爸？”

“不简单。战争非常复杂。你现在相信图东跟你说的那些。以后你会自己发现许多别的事。”

“菲茨杰拉德先生的精神被战争摧伤了吗？图东对我说许多人都是如此。”

“不，他没有。”

“我好高兴，”邦比说，“那些事必定就过去啦。”

“如果他被战争摧伤了心智，也并不丢人。”我说，“我许多好朋友都经历了这个。之后有些恢复过来，可以好好过日子。我们的朋友安德烈·马松，那个画家，就是的。”

“图东之前跟我说过了，心智被摧伤并不丢人。过去这场大战里炮兵太多啦。将军们又都是蠢牛。”

“这玩意很复杂。”我说，“你总有一天自己能琢磨出来的。”

“同时，我们自己没自己的问题，可真好啊。没有啥重病。你今天写得顺利吗？”

“非常顺利。”

"我真高兴。"邦比说，"我帮到你了吗?"

"你帮了大忙啦。"

"可怜的菲茨杰拉德先生，"邦比说，"他今天能忍着不喝酒也不骚扰你，真是好。他一切都会好吗，爸爸?"

"我希望吧，"我说，"但他有很严重的问题。在我看来，他身为作家，有着几乎无法克服的问题。"

"我肯定他会克服那些问题的。"邦比说，"他今天真和善，真讲理。"

斯科特与他的巴黎司机

1928 年秋天普林斯顿大学的比赛之后，斯科特、泽尔达、亨利（迈克）· 斯特雷特、我妻子波琳与我一起挤进了拥挤的赛后火车，直到费城，找到了菲茨杰拉德的法国司机和他的别克车，开往威尔明顿市外河边他们居住的一所房子，叫做艾勒斯利宅邸。斯科特与迈克 · 斯特雷特先前一起在普林斯顿读书，迈克与我则从 1922 年在巴黎认识之后，便是好朋友了。

斯科特对橄榄球极为认真，比赛大部分时间他都保持清醒，但在火车上，他开始跟不认识的人说话，向他们提问。好几个女孩被他惹恼了，但迈克和我会跟她们同行的人解释，按捺下他们的怒气，将斯科特拖出来。我们把他按着坐下好几次，但他总想在车厢里晃荡，搞得我老想着让他别惹麻烦，他一整天都好声好气有条有理，我们别无选择，只好竭力照顾他，一等他多嘴多舌问些不该问的问题，闹出乱子了，我们就一个温柔地将他拽走，另一个道歉：每当一被揪出人堆来，斯科特就意识到了。

最后他找到了个普林斯顿支持者，这会儿正聚精会神读一本医书呢。斯科特悍然抢走了书，“你不介意吧先生?”他扫了一眼书，粗鲁地还了回去，用响彻车厢的声音吼：

“厄尼斯特，我找着了个医生呢！”

那男子没注意斯科特，继续读书。

“你是个医生，是吧?”斯科特问他。

“帮帮忙斯科特，过来！”我说，迈克在摇着头。

“大声说呀，先生，”斯科特说，“当个医生又没什么好丢人的！”

我竭力想拽走斯科特，迈克在代斯科特向那男子道歉。那男子并不理会，想继续读书。

“一个医生！”斯科特说，“医生可以自己治自己！”

我们终于将他从那医学生身旁拽走，火车终于到了费城站，好歹没人揍他。泽尔达恰好处在一个完美的淑女状态，与波琳静静地并坐，没注意到斯科特的行为。

汽车司机是在巴黎开出租车的，对英语是既不讲也听不懂。斯科特告诉我，先前在巴黎有一晚，这司机载斯科特回家，没让他挨抢。斯科特就将他带到美国当私人司机了。我们载着醉汉，坐着车子在夜色中从费城驶向威尔明顿时，司机有些忧虑：车子热起来了。

“你该给散热器加满了水才对。”我说。

“不是，先生，不是这回事。先生不让我往发动机里加油。”

“怎么回事?”

“他看我那么做就很生气，还说美国车不需要另外加油。只有不值钱的法国车才需要补油。”

“你怎么不问问夫人呢?”

“她发作得更厉害。”

“你要现在停车加点油么?”

“这么一来就可怕啦。”

“我们停了车来加油吧。”

“不行先生。你不知道之前发生过啥。”

“发动机都要烧起来了!”我说。

“但如果我停下来加油加水，我就得停下引擎。引擎不停下来没法加油，引擎一停，冷水就会把气缸震裂。水是够多了先生，这车的冷却系统挺大的。”

“看在上帝面上，我们停下来，就开着引擎加点水吧。”

“不行先生，我跟你说，我们先生绝不会允许的，我了解这个发动机，这车子能撑到府邸。这不是第一次了。明天你如果跟我去车厂，我们就一起去，我也顺便带小姑娘去教堂。”

“好吧。”我说。

“我们得在汽油上想法子。”他说，“我们会买几罐汽油，藏好了，等需要时再加油。”

“好吧。”我说。

“我们得加点油，”他说，“我们可以买几罐油。我把罐藏好，等需要时再加油。”

“你又在唠叨油的事?”斯科特说，“菲利普有点神经质，说你得随时往这车里加油，就像我们从里昂开回来的那辆滑稽的雷诺。(换了法语)菲利普，听着，美国汽车不用油!”

“好的先生。”司机用法语答。

“他老说那些汽油的蠢话，都让泽尔达紧张了，”斯科特说，“他是个好人，绝对忠诚，但他对美国引擎一无所知。”

这是一趟噩梦之旅，当司机想在通向宅子的路边熄火时，泽尔达却不让。她和斯科特两人都坚持这条路不对。泽尔达宣布说此处熄火太远了，斯科特说汽车已经开过了。他们争执，直到泽尔达睡着，司机才继续缓慢前行。然后斯科特让司机转回去，等他也睡着了，司机才想法子绕将回来。

领航鱼与富翁

在弗拉尔贝格的第一年过得天真烂漫，第二年杀人如麻的大雪崩让你意识到了不同，你开始理解这里的风土与这里的人。你对一些人太熟了，也得愈加了解这地方：不只为了乐趣，也为了活下去。最后一年是场噩梦，却伪装成了最有趣的一年。就在那年，富人们登场了。

富人们总带着领航鱼在前探路。他有时聋，有时瞎，但总是闻着感觉不错，在富人们身前战战兢兢。领航鱼这么说话："哎呀我不知道，不，当然啦，真的不是。不过我喜欢他们。他俩我都喜欢。是的，上帝为证，海姆，我着实喜欢他们。我懂你的意思了（咯咯地笑），但我真是喜欢他们，她身上有些棒透了的特色。"（他说了她的名字，发音透着爱慕）“不，海姆，别犯傻，别为难。我真喜欢他们。他俩都是，我发誓。你熟悉了也会喜欢他（用了他的昵称）。我真的喜欢他俩。”

于是你与富翁们为伴，一切从此不同。领航鱼当然也就走了。他总是忙着来来去去，从不久留。他出入政坛或戏院，一如他早年出入各国，出入其他人的生活似的。他永远不会，现在也没被富翁们逮住。什么事都逮不住他，只有那些信任他的人才被逮住杀掉。他年少时便被训练成了个地道混蛋，以及长久潜藏的贪财之心。他每赚一美元便向富翁跨近一步，最后让自己发了财变成了富翁。

那些富人爱他，信任他，因为他看来羞涩、滑稽、躲躲闪闪，已经有了成果；也因为，他是一条聪明到从不出错的领航鱼：富人们可以从他那些政治手腕的诚挚中读出他的虚伪，读出他是这群富翁的自己人——虽然他当时自己都不知道。

有两个人彼此相爱，相处愉快，二人之一或两个人，都正在做着有价值的事，人们自会被他们吸引，仿佛候鸟夜间飞向明亮的灯塔。如果这两人与灯塔一样老练又牢固，那受损的只有撞来的候鸟。靠自己的欢乐与成功吸引他人的人，往往经验短缺，但他们学习得很快：如何别被碾倒，如何脱身。然而他们还没明白，那些美好、诱人、热情、可爱、慷慨、善解人意、没有缺点的富翁们，每天都像在过节，然而等富翁经过了、汲取了他们所需的养分后，余下的残渣比匈奴铁蹄践踏过的草原还要死气沉沉。

那一年，富人们被领航鱼带来。之前一年他们不会来，那时一切还没定下来。我前一年的写作也很好，还过得更快乐，但还没写出小说，所以他们不确定。富人从不在不确定的事情上浪费时间和热情。本来嘛，何必呢？毕加索已获定评，他成名之后，富人们才琢磨起何谓绘画。他们对另一位画家也颇有把握，还有别的许多画家。但那位是他们认定了的画家，如果你喜欢他，那他的确是个足够好的画家：谁都不傻嘛。但这一年，他们对我有了把握，领航鱼给了他们消息。领航鱼自己也来了，于是我们便不会觉得富人们是乍然闯来，不会为难了。当然，那时领航鱼是我的朋友。

现在想起此事，都让我觉得恐怖。那些日子里，我信赖领航鱼，就像我相信地中海水道航行标正指示，相信布朗航海年鉴的资料。在那些富人的热情之下，我盲从信赖，蠢得像条猎狗，乐意跟任何一个持枪的人出门，又仿佛马戏团里训练的猪，好容易找到一个人，就让他只喜欢欣赏自己。每天都仿佛过节，对我而言简直是个美妙新发现。我甚至大声读了我已经修改完的小说给富人们听，这是一个作者所能做的最低级的事情，而且危险得仿佛在冬天大雪下，不系保险绳去攀冰。

当他们说“这很好，厄尼斯特，这真的很好。你都不知道这有多好”，我快乐地摇着尾巴，投入了富人们每日如过节一般的狂欢生活中，看看我能不能叼回几根诱人的骨头，而非静下来想想，“如果这些混蛋喜欢了我的小说，那小说必然有问题呀。”如果我是职业小说家，我必然该这么想。不过那会儿，如果我真算个职业小说家，就绝不会把小说读给他们听。

那个冬天着实恐怖。在这些富人到来前，我们中间已经被插进了一个富人，用的是最古老的方法，可能沿用至今。一个未婚的年轻女子，成了一个已婚女子暂时最好的朋友，于是来与这对夫妇生活在一起，然后不为人知地、天真无邪然而又无情地，一步步地夺取了那个丈夫。当那个丈夫是个作家，恰又在艰难地写作一本书，过于忙碌，也没能好好陪自己的妻子，有个朋友陪她，那自然是好，但结果就不大美妙了。当写作结束后，身边有了两个诱人的姑娘，其中一个新奇又陌生，如果这男人够倒霉，他就会同时爱上她们俩。于是那个无情的女子就赢了。

这听起来很蠢，但同时爱上两个女人，还是出于真心，那对男人而言，真是最毁灭性最可怕的事了：尤其是，那个未婚女子还执意要嫁给他。那个妻子不知道这一切，还信赖着丈夫。他们先前度过了艰难岁月，分享了那些时光，深爱彼此，她才终于真心实意信赖了丈夫。新来的女子则说，如果你爱自己的妻子，就不能爱自己。她一开始没这么说，直到那场谋杀完成之后才如此道来。当你对周围所有人说谎，你只知道自己真心爱着两个女人时，就会遭遇这种事。那时候，你就做着不可理喻的事：跟这个在一起时爱这个，跟那个在一起时爱那个，然后大家在一起时，你两个都爱。你破坏了所有的承诺，你做尽了一切你明知不该做也不想做的事。那个无情的女子赢了这个男人。但到最后，是那个输了的妻子赢了，这大概是我遇见过最幸运的事。这就是那最后一个冬天的故事。这就是我记得的事情全部。

他们共享一切。他们从不厌倦彼此。他们有一些牢不可破的东西。他们爱他们的孩子，他们爱巴黎、西班牙和瑞士的部分地区，像多罗米蒂和弗拉尔贝格。他们也爱彼此的工作，她为他牺牲了许多，却从没提起过。

然后，他们不再是夫妻俩加一个孩子，他们中间多了一个。一开始这关系美妙又有趣，持续一段时间后，所有的邪恶都从天真无邪中开始。于是你日复一日地度过，享用着拥有的一切，无忧无虑。你挨着两个女人，你说谎，你厌弃说谎，谎言摧伤着你，每一天都变得更危险，你写作得更努力，等你从写作中脱身，你知道发生的一切实在不可理喻；但你日复一日地生活仿佛身处战争。每个人都还快乐着，除了午夜忽然惊醒时的你。你爱她们两个人，于是你就完蛋了。你的一切都在内部分裂，你现在爱上了两个人，而非一个。

你和这个人在一起时你爱这一个，你和另一个在一起时你爱那一个。你和两个人在一起时你两个都爱，奇怪的是，你还很开心。但时光流逝，新来的那个人不开心了，因为她发现你同时爱两个，而她指望你只爱一个。你独自和她在一起时，她知道你爱他，她认定如果一个人爱着一个人，就不能同时爱其他人了。这时你无法向另一个求救，因为太晚了。你不知道她何时下定了决心，但在那年冬天中途，她开始沉稳又无情地逼婚，她从未破坏自己和妻子的友谊，也从没失去一寸优势，总是步步为营，表现得全然纯洁无辜，精心地选择离开的时机，离开的时间恰好长到你会刻骨铭心地思念她。

跟最后这年冬天比，雪崩之冬简直像童年里快乐的一天似的。

新的这个姑娘此时已经拥有了你的一半，一旦她决定要结婚，你就不得不破坏掉自己的婚姻，因为这只是必需的一步，可以反悔的一步，并非一个结局，也许就此过去了，也许避免去思考它，只是犯了一次严重的错误。她低估了悔恨的力量。

我第一本小说集出版后，必须去另找一个出版社，我离开施伦斯去了纽约。北大西洋上的寒冬可够受的，纽约的雪深及膝盖。我回到巴黎时，本该从东站坐第一班车去奥地利，但我爱的那姑娘此时正在巴黎，她还在给我妻子写信。我们在一起那些不可思议的欢愉、自私与背信弃义，给了我无尽的快乐，一种无法抹杀的可怕快乐，于是黑色的悔恨、对罪恶的仇恨和悔恨到来，悔恨至极。

后来，当火车沿着木材堆开进车站，我再度见到我妻子站在轨道旁时，我真希望自己在爱上别人之前直接死掉算了。她微笑着，阳光照在她被雪与太阳晒成棕褐色的可爱脸蛋上，身材优美；她的头发在阳光下变成金红色，长了一个冬天，显得怪异却美丽。邦比先生站她身旁，头发闪金，胖嘟嘟的，带着冬天的脸颊，看着像个弗拉尔贝格的好男孩。

“啊塔蒂，”我用双臂抱住她时，她说，“你回来了，你这趟旅行真成功。我爱你。我们如此想念你。”

我爱她，我不爱其他人，我们在一起时度过了神奇的美好时光。我写作顺利，我们旅行愉快，直到我们在暮春时节出了山区回到巴黎，另一件事才重新开始。悔恨是件好事，如果运气好点，如果我是个靠谱点的男人，悔恨会拯救我，而非让我做错选择，导致接下来三年，悔恨一直伴随着我。

也许富人们都挺好，也许领航鱼是个好朋友。当然了，富人们从没太自利。他们那时收集名人，就像有人收集画，有些人养马；他们只是在我做任何无情邪恶的决定时支持我，让我觉得这些决定无可避免、很合逻辑，其实都是欺骗。我说这些决定是错的，并非因为最后结果惨不忍睹。如果你对一个人说了谎，一定会说第二次。如果有人能对你说一次谎，他一定会说第二次。我憎恨这些富人，因为他们在我做错事时支持我，鼓励我。但他们不知道前因后果，怎么能知道这决定是错的呢？这也不是他们的错。他们的错只在于涉入别人的生活。他们对其他人而言实在是霉运煞神，但他们自己更倒霉。他们生活着，就带着这些厄运终于反噬自己。

那个姑娘欺骗她的朋友是件大错事，但没放弃她是我自己的错误与盲目。卷进这场三角恋，还爱上了第三者，我承当所有责任，就独自衔着悔恨过活。

悔恨日夜从未逝去，直到我妻子另嫁了一个远比我强的男人，直到我知道她确实快乐了。

但那个冬天，在我知道自己要遭遇一堆破事之前，我们在施伦斯度过美好时光，我记得这一切，我记得山区里未来的春天，我和妻子如何真心地相爱又信任，在富人们离开后我们多么快乐，我记得我想着彼此又不可分割了。但我们终究并非如此，那就是我在巴黎第一段生活的结尾。巴黎也从此不同了，虽然巴黎永远是巴黎，你会随着巴黎改变而改变。我们再也没有回去过弗拉尔贝格，富人们也没有。我想连领航鱼都没有回去。他有新地方要为富人们去领航，最后他自己成了富翁。但他一开始的运气可够糟的，比谁都糟。

如今没有人再攀登那个滑雪场了，几乎每个尝试的人都摔断了腿，虽然他们说凡是破碎的东西都更坚强，但也许到最后，断掉一条腿比碎掉一颗心还容易些。我不知道。但这就是早年巴黎的样子，那时我们非常穷，但非常快乐。

一无所有与一无所有

哈德莉与我相信彼此不可分割时，我们还对一些人与地方大有信心。但我们分开后，我在巴黎的第一段人生也就到此结束。现在没人再去绑海豹皮爬山了，他们不必了。现在有不同的新绑绳，好的和坏的。虽然他们说凡是破碎的东西都更坚强，但也许到最后，断掉一条腿比碎掉一颗心还容易些。我不知道这是谁说的，但我认同这句话。

他们如今滑得更好了，他们受过更好的训练，善滑者滑得优美。他们滑得更快，下坠如鸟儿。这些怪鸟知道许多秘诀，而对那些在有保护措施的雪道上滑雪的人而言，只有成堆厚厚的新雪会增加危险。

他们如今知道许多诀窍，而我们则知道其他秘诀，知道如何在没有雪山巡逻队时，在没有防护措施的冰上滑行。他们比我们当年滑得好，就算没有缆车，需要被迫攀山，他们也能滑。问题都变得不同了。

如果他们开始得够早，掌握了新诀窍与新技能——在竞速道上都不会有人受伤，即便是在这年的太阳谷里；万事俱备，不会有人因为雪崩死掉。他们现在甚至会开炮——用迫击炮来制造雪崩。

现在没人能保证他们不会断腿，但击碎一颗心可是不同的。有人说心是不会碎的。当然如果你没有心——或人事纠结失去了它——你也不会心碎。也许你的胸腔就是空的。空无一物。你接受不接受都好，可真可假。有些哲学家解释得很好。

写作方面，也有许多秘诀。没有什么会在写作中遗失，无论文本看去如何，你没写的部分，最后总会浮现，展现出分量。有人说在写作中，直到你写出来为止，或是写得太急不得不放弃掉，否则你什么都无法拥有。这些巴黎的故事发生许多年后，你也许不再掌握了，如果没法在故事里写出来，你就得抛弃，或者忘掉。他们还说其他的话，但并不用在意。这些就是我们写作的秘诀与炼金术，许多不懂写作的人已经写得够多了。现在评论家比优秀写作者多多了。你需要许多好运，你并不总能赶上。这挺遗憾，却也没什么可抱怨，因为如果你不同意那些教导你怎么写、为何要如此写的评论家们，你也不该去跟他们争辩。就让他们诠释吧，但要调和你了解的虚无与那些和他人共处的生活，确实挺难的。有些人会祝你好运，其他人未必如此。好的写作不易损毁，但你开玩笑时是该小心。

然后你记得，上次埃文还生着胰腺癌，过来古巴了。他穿戴整齐，为早间的《每日电讯报》报道湾流公园的赛马。他提早完成工作，飞过来了。他没带要用的吗啡或处方药，因为大家都说在古巴弄到吗啡挺容易——实际并非如此。那会儿刚闹过次镇压。他来跟我告别，但很自然地，他不会说出来。你能从他身上闻到癌症的气息。

“医生会带药过来给我的，”他说，“他被点什么事耽误了。我身上这疼可真难过，海姆，不好意思。”

“他这会儿就该来。”

“我们来回忆下老时光和那些了不起的人，那些好玩的事儿吧。记得德斯诺？他给你寄了本好书啊。”

“记得那回，你受了伤，正在疗养期，你穿着帆布便鞋从穆尔西亚医院转到马德里，你睡在床脚，约翰·桑那卡斯睡在地板上，约翰给我们做饭吗？”

“约翰真好！记得他提起小时候放牧时遇见的那只狼

吗？我都怕自己咳嗽太厉害了。咳血真不算什么，但那时真丢人啊。你懂的，巴黎那段时光很快乐，基韦斯特也很棒，但西班牙那段，一定是最好的时光。”

“还有另一场战争。你是怎么入伍的？”

“如果你真想参战，他们总会带你去的。我待战争特别认真，我做了军士长呢！经历过西班牙内战后，一切都变简单了。就像回到了学校，也像跟马相处。战争就跟个难题似的有趣。”

“我将所有的诗都藏起来了。”

他痛得厉害，我们回忆了许多着实有趣的事与人。

“你对他们很体贴，海姆，倒不是说这些事该发表，但我现在相信，这些事这些人存在过，很重要。我们也存在过，不是么，海姆？还有，你写的虚无，太他妈棒了。”

“一无所有与一无所有。”我说。但我记起了湾流，想到了海与其他事。

“我严肃点。你别介意，海姆。能说到邓宁先生，说到那趟神奇的巴黎之行中棚子里的火苗，说到消失的沃斯佩尔先生，还有安德烈和让，就那两个侍者，这真是太好了。还有安德烈·马松和胡安·米罗，以及发生在他们身上的那些事。你记得当时你让我倾尽银行账户多买几幅马松和米罗的画吗？但你得继续写，你是为我们所有人写作。”

“所有人指的谁？”

“别让我为难啦。我的意思是我们，那些旧时光，以及在西班牙时好的坏的时光，以及自那以来的岁月。你得写点有趣的事，只有我们知道谁在什么奇怪的时间去了什么奇怪的地方。请写下来吧，即便你想都不乐意想。你得现在就写。我忙着对付马，我都不知道现在怎么样了。我只了解我自己的此时此刻。”

“很抱歉医生送药迟了，埃文。那东西今天就会到。”

“就只是疼，”他说，“医生迟到了一定有理由的嘛。”

“我们进去找找。这个能做手术吗，埃文？”

“不行。我当然已经做过手术了。我们就不谈各自的身体了，好吧？你的测试结果是阴性的，我真高兴。太棒了海姆。你得原谅我对你的写作说得这么严肃。我藏匿了自己的诗歌，却让你做全然相反的事。你懂么。我们永远不必对彼此多加解释。我现在就写我的，关于马的。而你现在有着有趣的作品。你已经为我展现许多地方与许多人了。”

“我们去找找吧，埃文。我应该还有些药留在船上了。但我不喜欢把这些留在身边，也许我早烧了。”

“我们在路上会错过医生的。”

“我会叫另一个医生来。等这么久实在难忍。”

“请别在意啦。我就该自己带药过来。我确定医生在路上了。如果你不介意的话，我就去到小屋子里一小会儿，躺下。海姆，你别忘掉写作。”

“不会。”我说，“我不会忘掉的。”

我出去打电话。不，我想。我不会忘记写作的。我生来就该写作，我生来一直在写作，以后还是会写作。他们谈论小说，谈论故事，谈论作者的那些话，我都无所谓。

但就像你会在储藏室或行李袋里偷藏些什么，像埃文·希普曼藏起他写的那些诗，或是有些画着标记的地图、来不及归还给当局的武器，这本书就包含着我记忆与内心许多切下的部分。即便我的记忆已受侵蚀，而内心早已破碎。

（完）

厄尼斯特·海明威 | Ernest Hemingway | 1899—1961

美国“迷惘的一代”标杆。
“冰山理论”“新闻体”叙事开创者。
获 1953 年普利策奖与 1954 年诺贝尔文学奖。

代表作：
1926 年《太阳照常升起》
1929 年《永别了，武器》
1936 年《乞力马扎罗的雪》
1940 年《丧钟为谁而鸣》
1952 年《老人与海》
1964 年《流动的盛宴》

张佳玮

作家，文学翻译。1983 年生于江苏无锡。
以一手古今皆通的文笔独树一帜。
因其性情不拘、摒弃俗流，备受读者推崇。现居法国巴黎。

扫一扫

一起“读经典”

流动的盛宴

产品经理｜黄　钟
　　　　　黄甜橙
技术编辑｜顾逸飞

装帧设计｜欧阳颖
责任印制｜梁拥军
出 品 人｜吴　畏

图书在版编目（CIP）数据

流动的盛宴 /（美）厄尼斯特·海明威著；张佳玮译. -- 天津：天津人民出版社，2018.9
ISBN 978-7-201-14001-8

Ⅰ. ①流… Ⅱ. ①厄… ②张… Ⅲ. ①散文集－美国－现代 Ⅳ. ① I712.65

中国版本图书馆 CIP 数据核字 (2018) 第 190752 号

流动的盛宴

LIUDONG DE SHENGYAN

出 版 社　天津人民出版社
出 版 人　黄 沛
地　　址　（天津市西康路 35 号　邮政编码：300051）
邮政编码　300051
邮购电话　（022）23332469
网　　址　http://www.tjrmcbs.com
电子信箱　tjrmcbs@126.com

责任编辑　张 璐
产品经理　黄 钟　黄甜橙

制版印刷　北京旭丰源印刷技术有限公司
经　　销　新华书店
发　　行　果麦文化传媒股份有限公司
开　　本　880×1230 毫米　1/32
印　　张　7.75
印　　数　1-8, 000
字　　数　120 千字
版次印次　2018 年 9 月第 1 版　2018 年 9 月第 1 次印刷
定　　价　45.00 元
